【中国人格读库】

国家新闻出版广电总局

培育和践行社会主义核心价值观主题出版重点出版物

夜袭阳明堡

高占祥 主编

张华 著

北京时代华文书局

社会主义核心价值观与中国人格

周殿富

社会主义制度在中国已经建立了六十余年，而我们党则在本世纪初叶提出了培育弘扬社会主义核心价值观的重大课题，显然是其来有自。

社会主义的道德风尚在新中国蔚然兴起，曾经那样地风靡于二十世纪中叶。邓小平同志曾经在改革开放中讲过，当年“这种风气不仅是中国历史上从来没有过的，而且受到了世界人民的赞誉”。然而可惜的是，这个在社会主义制度建立与实践中，同步兴起的社会主义道德风尚的成长道路，却是一波四折。半个多世纪以来，它先是与共和国一道遭受了十年“文革”的浩劫；接着便是全党工作重心转移到改革开放进程中，欧风美雨“里出外进”的浸洗濡染；再接着是西方“和平演变”在东欧得手的强烈震荡与冲击；最后又是市场经济中那两只“看不见的手”在搅动着、嬗变着人们的价值取向。至少在国民中出现了价值观上的多层次化，传统美德的弱化，社会道德文明水准的退化，光荣革命传统的淡化，这也许正是中央在本世纪初提出社会主义核心价值观的原因吧。

不管怎么“变”，怎么“化”，当我们回首来时路，却不能不说，中华民族真的很强大，很值得骄傲。人类经历了几千年的文明进程，堪称世界文化之源的“五大文明古国”，其他四大古国文明都已被历史淘汰灭亡，只有中国成了唯一的延续存在。近现代即使那般的积贫积弱，被西方列强豆剖瓜分、弱肉强食，想亡我中华都不可能，就连最强大的美帝国主义，最凶残的日本军国主义都成为我们的手下败将，而且打出了一个新中国，且跨过整整一个历史阶段，直接进入了社会主义。西方敌对势力几十年不遗余力地对新中国百般围剿，“冷战”“热战”“和平演变”手段用尽，连如此强大的前苏联乃至整个苏东阵营都被瓦解了，而社会主义的旗帜仍旧在960万平方公里的土地上高高飘扬，而且昂首挺胸地屹立在世界的东方，中国真的是太强大了。几十年来的瞩目成就，竟然令西方发出了“中国威胁论”。你管他别有用心也好，言过其实也好，总比让别人说我们是“瓷器”，是“东亚病夫”好吧？1840~1949年的一百零九年间，中国尽受别人的欺负、“威胁”了，我们也能让那些昔日列强有点“威胁感”，又有什么不好？更何况这是他们自己说的啊！我们并没吹嘘，也没有去做。几千年来我们侵略过谁呢？“反战”“非攻”“兼相爱，交相利”，中国古有墨子，近有周恩来、邓小平同志。这也是中华民族固有传统美德的延续吧！

生于忧患，死于安乐，这也当是中华民族的一个传统美德吧？几十年来尽管中国如此繁荣兴旺，但从邓小平生前一直到党的“十八大”以来，无论哪一届中央领导集体，从来都没有忘记过国之忧患。忧在何处，患在何处呢？

二十世纪八十年代末，邓小平同志曾经在半年的时间内四次提到：中国改革开放十年最大的失误在教育，在“对青年的政治思想教育抓得不够”“对人民的教育不够”，足见他的痛心疾首。他晚年时又提到了“国格”与“人格”的问题，讲道：“谈到人格，但不要忘记还有一个国格。特别是像我们这样第三世界的发展中国家，没有民族自尊心，不珍惜自己民族的独立，国家是立不起来的。”

（精装版《邓小平文选》第3卷331页。）

人们很少注意到邓小平的这一段话，但邓小平恰恰是在这里把“国格”“人格”提升到了事关“立国”的高度。

那么，什么是我们社会主义的“国格”呢？邓小平讲得很明白：“民族自尊心”“民族的独立”。

新中国一路走来，我们最大的尊严便是完全靠“自力”，靠“艰苦奋斗”，而达“更生”之境。对西方敌对势力的“冷战”“热战”“和平演变”，我们何曾有过屈服？也正是在这一前提下，我们才有真正的“民族独立”。这就是我们的国格。那么什么是我们中国人的人格呢？邓小平同志在这里没有讲，但他在1978年4月22日召开的全国教育工作会议上的讲话中，在讲到我们的教育培养目标时，至少提到与社会主义人格相关的各个方面：革命的理想，共产主义的品德，勤奋学习，严守纪律，艰苦奋斗，努力上进，爱祖国，爱人民，爱劳动，爱科学，爱护公共财产，助人为乐，英勇对敌，集体主义精神，专心致志地为人民工作，等等。这里的哪一条不属于社会主义人格的范畴呢？

2006年党的十六届三中全会，第一次提出了“建设社会主义核心价值体系”的历史性命题和战略任务。2007

年，胡锦涛同志在“6·25”讲话中又具体提出这个“体系”包括四个方面的内容：①马克思主义的指导思想；②中国特色社会主义共同理想；③以爱国主义为核心的民族精神和以改革创新为核心的时代精神；④社会主义荣辱观。这四个方面，一是信仰，二是理想，三是精神，四是道德文明，哪一个不在社会主义人格的范畴之内呢？党的十七届六中全会又提到了社会主义核心价值体系是“兴国之魂”。

2012年11月，在党的“十八大”上又用“三个倡导”把社会主义核心价值观概括为十二项：①倡导富强、民主、文明、和谐；②倡导自由、平等、公正、法制；③倡导爱国、敬业、诚信、友善。而且中办文件又把这“三个倡导”分为三个层面：第一个“倡导”的四项，是国家层面的价值目标；第二个“倡导”的四项，是社会层面的价值取向；第三个“倡导”的四项，是公民个人层面的价值准则。实际上前两个“倡导”的八项都是属于“国格”范畴，而第三个“倡导”是属于“人格”范畴。

那么，我们怎样才能在前面讲到的那些历史嬗变中培育建构起这个“核心价值观”呢？中共中央政治局的第十三次集体学习，似乎很明确地回答了这个问题。

新华社北京2014年2月25日电讯称：中央政治局在2月24日，以弘扬社会主义核心价值观，弘扬中华传统美德为内容，进行了集体学习，习近平总书记在主持学习时强调：

培育和弘扬社会主义核心价值观必须立足中华优秀传统文化。牢固的核心价值观，都有其固有的根本。抛弃传统、丢掉根本，就等于割断了自己的精神命脉。博大精深的中国优秀传统文化是我们在世界文化激荡中落稳脚跟的根基。中华文化源远流长，积淀着中华民族最深层的精神追求，代表着中华民族独特的精神标识，为中华民族生生不息、发展壮大提供了丰厚滋养。中华传统美德是中华文化精髓，蕴含着丰富的思想道德资源。不忘本来才能开辟未来，善于继承才能更好创新。对历史文化特别是先人传承下来的价值理念和道德规范，要坚持古为今用、推陈出新，有鉴别地加以对待，有扬弃地予以继承，努力用中华民族创造的一切精神财富来以文化人，以文育人。

习近平总书记的这段论述相当精辟，对于如何培育建构社会主义核心价值观问题从四个方面剀切明白。

第一，他明确指出要在中华优秀传统文化的基础上，来构造我们的社会主义核心价值观，而不能割断历史。这一条十分重要，否则我们便会失去我们的本来面目，便会成为无源之水，也就无法走向未来。

第二，指出了中华传统美德是中华文化精髓，蕴含着丰富的思想道德资源。这就为我们揭示了社会主义核心价值观，要以弘扬优秀的中华传统美德为基础。

第三，他指出，对传统文化在扬弃中继承，在继承中创新。这就是说，社会主义核心价值观的内涵，既要有优良传统的文化精神，也要有时代精神，是二者的有机结合。

第四，他指出要用中华民族创造的一切精神财富，来化人育人。这就是说，弘扬中华民族文化，并不只是传承儒学那些道统，而是要弘扬全民族共创的优秀传统文化。同时也就是说，培育、弘扬社会主义核心价值观的根本目的是化民、育人。

尤其值得瞩目的是，习近平总书记在这次讲话中提到了一个“中华民族独特的精神标识”问题，而在同年的全国组织部长会议上又提出我们再也不能以GDP论英雄的思想。让人欣慰的是，思想道德文化建设终于被提升到一个民族的标识地位，这至少表明中国人的思想观念，并不落伍于世界潮流。

并不受人欢迎的亨廷顿生前给他的祖国提出的警示忠告，竟是如何弘扬他们没有多少历史和文化的“传统文化”：“盎格鲁新教精神——美国梦”，以此为国家的“文化核心”问题。他讲道：“在一个世界各国人民都以文化来界定自己的时代，一个没有文化核心而仅仅以政治信条来界定自己的社会，哪有立足之地？”所以，他提醒他无限忠于的祖国，一定要巩固发扬他们自入居北美以来，在新教精神基础上形成的“美国梦”理念的“文化核心”地位，这样才能消解这个国家的民族与文化双重多元化的危机。为此，他甚至预言美国弄不好会在本世纪中叶发生分裂。而且他公开预言不列颠大英帝国也会因民族与文化多元化的问题，导致在本世纪上半期发生分裂。

西方的一些专家学者们也十分强调国家民族文化的地位问题，柏克说：“全世界的人根据文化上的界限来区分自己。”丹尼尔同样说：“保守地说，真理的中心在于，对一个社会的成功起决定作用的是文化，而不是政治。开明地说，真理的中心在于，政治可以改变文化，使文化免于沉沦。”这些语言也可能有它们的局限性与某种非唯物性，但至少可以让我们看到那些发达的资本主义国家在想什么，至少与马克思主义经典作家们，关于意识形态并不总是消极被动地接受它的经济基础的论断并不相悖。

中国显然具有世界上最悠久的民族文化，同时显然也拥有世界上最强大的政治优势。新中国包括它直接进入社会主义的经济形态，以及其后的一次次经济变革，哪一次不是靠政治力量在强力推动呢？它当然同样拥有让我们几千年的民族文化“免于沉沦”的能力。有学人认为我们的民族文化早就被以往一次次的历史性灾难割裂了，这个看法显然都是毫无道理的。但我们当下却确实面临着“两个传统”失传失统的危险。中国的传统文化与优秀的民族美德，在当代国民中还有多少传承？老一代中国共产党人用生命与鲜血铸就的光荣革命传统，在党内还有多少“光大”？我们现在全民族的“核心文化”到底在何处？“社会主义核心价值观”的提出不仅符合世界潮流，也是使我们优秀的民族文化得以传承而不发生历史断裂的根本保证。富和强永远都不是一个民族的标志，哪个国家不可以富，不可以强？但能代表中国“这一个”本来面目，具有自己民族特色的，唯有中华民族的文化，能代表中国人形象的只有中国独具的道德人格。什么是人格？人格就是原始戏剧中不同角色的本来面目。

综上所述，我们是不是可以这样认为，社会主义核心价值观应内含如下的成分：中华民族传统文化中的优秀传统美德；中国人民近现代反帝反侵略反封建的爱国主义、斗争精神与中国共产党领导下形成的几十年光荣革命传统；中国化了的马克思主义有中国特色社会主义的共同理想；与“中国梦”远大目标相适应的时代精神。由这些内涵构成的社会主义核心价值观，用它来干什么呢？用习近平总书记的话来说就是“化人”“育人”，把它再具体化一下，无非是打造能体现中华民族特色，代表中国形象的国格、人格。在思想道德层面上，一个国家的民族精神也只有在人的身上才能体现，所以我们依据社会主义核心价值观的基本要求，针对当代青少年的实际情况，策划了《中国人格读库》这样一套大型系列选题。

本套书承蒙全国少工委、中华文化促进会、团中央中国青年网三家共同主办推广，并积极提供书稿。难得高占祥老前辈热情出任该套书的编委主任，且高占祥同志不辞屈就加盟主创作者队伍。一些大学、中学教师与青年作者也积极加盟此套书的编写。该选题被国家新闻广电出版总局列为2014年全国社会主义核心价值观重点选题，在此一并鸣谢。

希望本套书的出版能为社会主义核心价值观的培育与弘扬，为促进青少年的道德人格养成起到积极的作用。欢迎广大读者与作家对不足之处批评教正，多提宝贵建议与指导意见。

谨以此代出版前言并序。

二〇一四年十月

于北京时代华文书局

引言

所谓民族精神，总是在国之将亡的时候迸发出最耀眼的光辉。自晚清以来，积贫积弱的泱泱大国不复往日威严，列强环伺，虎视眈眈，常常有被瓜分的可能，中华民族走到了生死存亡的关头。就像一个病人，沉疴必要下猛药，方有一线生机。抗战的爆发，使得原本涣散的人心重新凝聚在一起，而华夏民族的真精神，也在此时得到了最为集中的展现。人们不会忘记，在风雨如晦的八年中，无数炎黄子孙抛头颅、洒热血，捍卫每一寸土地；历史永远铭刻，波澜壮阔的抗争之路，那一段段可歌可泣的故事。在历史的长卷上，这八年时光并不算长，但绝对是极为浓墨重彩的一笔。这一笔，又凝聚着数不胜数的动人诗篇。大到一场战役，小到一名战士，无不真实而准确地体现了华夏民族不屈不挠、视死如归的爱国情怀。“苟利国家生死以，岂因祸福避趋之。”一代又一代炎黄子孙在国家危急存亡之际“慷慨赴国难”，走上战场，视死如归，抵御外侮。

忻口，一个山西小镇，偶然闯入历史，成就了一段传奇。忻口一战，敌我双方死伤惨重，但于中国而言，此役重拾起信心，振奋了士气民心；于敌而言，这一仗是一个教训，日寇重新认识了中国军队。是役，中国军队分别在正面战场和游击战场对敌开战，协调一致，配合默契，成绩斐然，造就了许多经典战例。

阳明堡，山西代县一个小镇，位于滹沱河畔。在忻口战役中，它并非要塞，也没有开展太大的战役，只是一个不起眼的配角。然而，随着一场夜袭的成功，阳明堡得以名垂青史。奇袭阳明堡一役，不但捣毁了敌机，扰乱了敌人作战步骤，甚至于影响了整个战局的发展，提振了国人的信心。

虽然关于这场夜袭的史料并不是很充足，尽管在整个忻口战役进程中，它只是一个插曲，但是夜袭阳明堡反映出的中国人果敢、坚毅，以及不因循的人格品质却相当明显。让我们翻检故纸，拨开迷雾，透过硝烟，重温那段不可磨灭的记忆。在那片纷飞的战火中，我们能够更深刻地体会中国人的人格精神，能够更深刻地理解中华民族何以屹立于世界民族之林。

中国军队在平绥线上战斗

目录

一、国殇

我们知道全国应战以后之局势，就只有牺牲到底，无丝毫侥幸求免之理。如果战端一开，那就是地无分南北，年无分老幼，无论何人，皆有守土抗战之责任，皆应抱定牺牲一切之决心。

——《对卢沟桥事件之严正声明》

“江山如此多娇”，对于华夏子孙而言，锦绣山河承载了我们太多的生命体验，中国人总能在巍峨的大山和雄浑的流水中寻觅时代的精神，把它融入血液中，铸就坚毅的人格品质。太行山，中国东部地区的重要山脉和地理分界线，跨越华北数省，绵延400多公里；滹沱河，一条古老的河，流经山西、河北，东入大海。千百年来，高山大河养育了中华儿女，也见证了中国历史风云。

河北省会石家庄，滹沱河绕城而过，河之南岸，屹立着一块石碑，题诗曰：“过了长江与大河，横流数仞绝滹沱。萧王麦饭曾仓卒，回首中天感慨多。”萧王麦饭，说的是东汉开国皇帝刘秀在滹沱河畔的武强县境内征战，期间有冯异向刘秀进麦饭的传说。公元1280年，南宋宰相文天祥以俘虏的身份被押解进京，途经滹沱河，面对奔涌的河水，他感慨良多，从刘秀当年的艰难复国而联想到眼前中原沦丧、光复无望的现实。他既慨叹时运不济，也对失败的历史表达了无奈之情。在《滹沱河二首》的另外一首中，文天祥说“始信滹沱冰合事，世间兴废不由人。”流水并非无情物，滹沱河固然见证了太多兴废不由人的政治，也经历了太多的杀伐和侵凌，但它从不放弃两岸的人民。它用宽广的胸怀包容世间的沧桑，给失意的人们以心灵慰藉和情感寄托。久而久之，大河便被赋予多种象征，凝聚成一种精神，以文化的方式培育后世子孙不屈的人格和坚毅的品质。

国破山河在，蜿蜒巍峨的太行山也曾见证，奔流不息的滹沱河不会忘记，当历史的车轮来到近代，积贫积弱的中国一次次遭受异族的欺凌，饱受压迫的华夏儿女发出河水般咆哮的声音：“大刀，向鬼子们的头上砍去。”1937年，喜峰口驻军的大刀向侵略者宣言，觉醒了的中国人不会任人宰割，我们要守护脚下的土地，把侵略者赶出中国。然而，严峻的现实摆在面前，军备的落后、财力的匮乏都使我们一时失去了与日本侵略者抗衡的实力。就像时任国民政府主席蒋介石在《对卢沟桥事

卢沟桥上的抗日战士

件之严正声明》（也称“庐山抗战声明”）中所说：“我们固然是一个弱国，但不能不保持我们民族的生命，不能不负起祖宗先民所遗留给我们历史上的责任，所以到了必不得已时，我们不能不应战。”

平津相继失陷后，侵略者以平津为后方，兵分三路：一路沿平汉路（即平汉铁路，相当于现在的京广铁路北京到武昌汉口段）南犯，进窥河南；一路沿津浦路（即今京沪铁路最早通车的一段,从天津到南京浦口）南下，进犯山东；一路则沿平绥路（即今北京到包头的铁路）西犯，进犯晋、察、绥，战略的重点，则是山西。

山西，古晋之地，因居太行山之西而得名。作为中华民族的发祥地之一，山西素有“表里河山”之美誉，又因其东有太行山，西有吕梁山，西、南更有黄河天险，地势险要，易守难攻，是华北天然堡垒，拱卫陕甘西北之屏障，故又有“华北锁钥”之称。这样的战略要地，总是在战争年代成为交战双方殊死搏斗的竞技场。平津的急速沦陷使得山西仓促间被推上了决战的舞台，这也似乎预示了某种悲壮命运的到来。从战略意义上说，山西是敌我双方博弈的一枚重要棋子，在淞沪会战失利后，即将在山西开展的阻击战对于中国人来说变得尤为重要。对中国军队来说，如果能凭借险要地势，守住山西，则进可威胁华北平原之敌军，退可稳固大后方，确保战略反攻的顺利进行。反之，对于日军来说，对平津地区的占领并非高枕无忧，经营山西多年的阎锡山晋绥军虎视眈眈；再加上如果要进一步向南侵略，则必须要控制山西。双方的指挥官都清楚山西对于整个战场来说意义重大，只是两方的实力当时相距甚远，凡此种种，都决定了这场战斗将会成为抗日战争史上悲壮的一笔。

1937年10月2日夜，山西首府太原，战事日近的古城万籁俱寂。突然，“砰”的一声枪响，划破了夜的宁静，熟睡的人们从朦胧中惊醒，风雨将至的情绪一下子涌上心头。在那个战乱频仍的年代，枪声并不能激起人们的好奇，但这半夜之中的枪声很容易就让人想起最近传说的日本鬼子。这肯定和日本鬼子有关，人们想着，又沉沉睡去。次日，一位临阵脱逃的将军被正法的消息传遍了大街小巷，人们一时间群情激奋，对这位“民族败类”的愤恨达到了定点，所有的口诛笔伐都对准了这位将军和他的败绩。作为第一个因为逃跑被枪毙的将军，李服膺的名字很快就传遍了大江南北，懦夫之名以及种种脏水和谩骂也随之扩散开来，一时间人尽皆言可杀。时间不仅能抚平伤口，还总能涤荡蒙蔽事件的灰尘，还历史以真实。作为战败将领，李服膺或许背负了太多所不应加在他身上的罪过，若干年后甚至有人以“冤案”视之。孰是孰非，还得从李服膺的驻地，位于晋北的天镇说起。

天镇县，位于山西省大同市东北，地处山西、河北、内蒙古三省交界处。这里地势险要、易守难攻，不仅是山西重地大同的门户，也是整个山西阻击日军侵犯的第一线。1937年8

卢沟桥上的二十九军战士

月27日，日军攻克张家口，进逼雁北，危及山西北大门天镇。阎锡山急电李服膺“坚持三天，拒敌西进”。接到电令后，隶属傅作义第七集团军的第61军军长李服膺开始集结部队，于天镇、阳高一线布防。就在第61军进入阵地的第二天，日军就发动了强大的火力攻势。在飞机大炮的支援下，日军虽然占据了一定的主动，却始终没有突破李服膺的防线。三天下来，李服膺的部队伤亡惨重，渐渐露出了招架不住的迹象。正在此时，第二道电令下来了：“续守三天，掩护大同会战。”面对蜂拥而至的敌人，李服膺虽然心里直犯嘀咕，按理说坚守三日的命令我们已经完成了，虽然牺牲了这么多兄弟的生命，但好歹是可以往回撤的。况且，要执行第二道命令的话，肯定是以牺牲更多兄弟为代价的。但本着服从命令的天职，他还是咬咬牙接受了军令，带领疲惫之师坚守天镇。

大同会战，是时任第二战区司令长官、晋绥军首领阎锡山最初的战略设想。为迎击沿平绥路西进的日军，阎锡山原本打算在大同以东的聚乐堡地区组织一次会战。然而，按照这个战略构想，晋绥军和中央军以及共产党领导的八路军部队等都需要赶赴太原集结，短时间内肯定没法完成。因此，在天镇布防的李服膺和他的第六十一军就承担了阻击西进之敌，为部队调动和集结赢取时间的重任。对于任务的重要性，李服膺当然是心知肚明，所以即使是再困难，他也要默默承受。

在接下来的一次次进攻中，日军变本加厉，不但使用了燃烧弹，还丧心病狂地使用了毒气弹。对于这些新式武器，李服膺和他的部队都没有很好的防御措施，所以一仗下来，部队伤亡惨重。战场厮杀，与其说是对肉体的考验，毋宁说是对肉体与精神的双重考验，有些时候，在精神层面上的考验还要更多一些。眼见不断有弟兄殉国，李服膺和他的第61军不但丝毫没有退缩之意，还越战越勇，大有与日寇周旋到底的态势。双方就在天镇僵持不下，转眼又是三天过去了，地狱般的战斗跟随一道电令走向结束。阎锡山电令李服膺“相机撤退”。如果说苦苦支撑的李服膺是以意志力在维持战局的话，在收到电令的那一刻意志力消失的他也就毫不客气，率部连夜从阵地撤出，天镇沦陷。匆匆撤退的李服膺没有想到，这次看似循规蹈矩、奉命而动的撤退给当地的居民，给整个山西乃至全国的抗战带来了什么样的后果，他更没料到，自己居然会为这次撤退丢了性命，背上千古骂名。

或许是由于攻城过程中所遇阻力太大，使得日寇产生了报复心理，日军占领天镇后，开始了惨无人道的烧杀，杀死2200多人，293家绝户。这个开战以来前所未有的噩耗极大地震惊了全国军民，要求追究天镇失守之责的呼声日益高涨。迫于压力，蒋介石命令阎锡山彻查此事，务必将责任人解送南京受审，给舆论一个交待。这样的局面是阎锡山始料未及的，命令是自己下的，李服膺是自己的爱将，舍卒保车的念头在脑海里一闪而过。很快，李服膺便被送上了由阎锡山领衔的军事法庭。庭上，阎锡山给李服膺定了两条罪名。一是“天镇防御工事不牢”，确实，作为从1935年就开始经营的防御工事，在日寇面前本可以抵挡一阵子的，谁料这豆腐渣工程一击即溃，怪不得军民会深恶痛绝。“没钱，叫我怎么修工事？”面对这样的指控，李服膺义正词严，阎锡山则有点噤若寒蝉。他当然清楚，当时国民政府划拨的那笔修工事的钱都去了哪里。看来这条罪名不好定，好吧，那就姑且不说这事，“临阵脱逃”这一项罪名不由得你李服膺不认。面对法庭上虎视眈眈的众位审判员，李服膺毫不客气地，“我是奉命行事”，说着就要去掏口袋里的军令电文。这下阎锡山再也坐不住了，立刻制止了李服膺，命人将他带出法庭，以逃跑的罪名连夜处决了他。李服膺便成了替罪的羔羊。李服膺之死，并不是一个人沉冤，还有他所代表的第61军。从此以后，这支军队就背上了耻辱的枷锁，为国人所不齿。据说，当时晋绥军文宣队排演话剧《枪毙李服膺》赴各部演出，以威慑官兵。有一次，文宣队来到由第61军改编而来的陈长捷部演出此剧，有一名叫倪保田的排长情绪激动，跳上戏台，脱下军装指着身上的伤疤对台下不明真相的官兵说：“说老子们不抗战，这身上四五处刀伤枪疤是怎么来的？莫非是狗咬的？”说到动情处，倪保田声嘶力竭，台下官兵哗然。后来，阎锡山怕事态扩大，便下令停演此剧。这段历史就此尘封，而其得以昭雪，则要等到了新中国成立后。李服膺之死，只是忻口抗战的一个小插曲，随后，波澜壮阔的忻口

日军进攻南京中华门

战役才正式拉开帷幕。

天镇一役，日寇尽遣主力，负责攻击的日军关东军察哈尔派遣团司令官便是日后的甲级战犯东条英机，还有同为甲级战犯的寺内寿一率领的“华北方面军”序列主力部队第五师团。在夺取天镇后，日寇随即集中主力围攻大同。在敌我实力悬殊显而易见的情况下，阎锡山不得不放弃大同会战的计划，下令放弃大同，集中兵力在内长城一线设防。

万里长城，依山而建，是冷兵器时代中原地区抵御游牧民族的重要防御手段，千百年来始终具有重要的实用价值和象征意义。即使是在飞机大炮横行的近代，长城仍是战术上的一个重要考量因子。从战国时期开始，长城不断营建，一直到明朝，以长城为主的防御体系日渐完善。明朝前期，为了加强北京的防御能力，在其北方修筑了两道长城防线，即内、外长城。内、外长城由北京怀柔县境内的火药山分岔，内长城向西南经河北易县、涞源县、阜平县而入山西省界，经灵丘县、繁峙县至偏关县老营堡柏羊岭，并在此处与外长城相接。外长城西北行经河北省赤城县、张家口市、怀安县而入山西省界，又经天镇县、大同市至偏关县老营堡柏羊岭，同内长城相连。与此对应的是军事上的六座重要关隘，即所谓的“内三关”和“外三关”。这六座关隘都在内长城线上，靠东侧的居庸关、紫荆关、倒马关称为内三关，靠西侧的雁门关、宁武关、偏关为外三关。这六座关隘彼此互为联动，构成一个整体，成为拱

“七七事变”时的日本军营

卫京师的稳固屏障。作为中华民族精神的重要象征之一，长城在抵御外侮的紧要关头再次站在了历史舞台上。

占领大同后，日寇分兵南下，直扑山西首府太原。同时，位于山西省东北的重镇广灵县失守。日寇攻势不减，先后攻占了浑源、灵丘，中国守军被迫向平型关一带转移。在平型关，八路军115师伏击日军，取得大捷，打破了“日军不可战胜”的神话，这也是抗战开始以来中国军队取得的第一次胜利，极大地鼓舞了全国人民的斗志。然而，一场胜利并不足以挽救整个战役的颓势，在茹越口失陷后，繁峙县随即沦陷，内长城线告破。为避免被包围，平型关守军主动后撤，转移至五台山代县、雁门关、阳方口一线。很快，雁门关、阳方口也都落入日寇之手，内长城一线的防御宣告失败。此时，已是十月上旬。仅用了不到一月的时间，日寇就成功突破了国民党军经营多年的防线，在他们看来中国军队简直不堪一击，吞并中国似乎指日可待。

10月初，日寇在围攻崞县县城、原平镇的同时，组织华北方面军第5师团、第109师团的两个大队及关东军察哈尔兵团所辖的独立混成旅团机械化步兵联队，约45000人，集结于原平镇以南，准备向忻口守军发起攻击。此时，国民党第二战区司令长官阎锡山才真正感觉到山雨欲来的架势，他召集卫立煌、傅作义等将领，邀请中共中央军委副主席周恩来，共同商讨作战计划。在征得蒋介石同意后，委任卫立煌统帅山西各军，全

1938春河北涞源浮图峪长城上的战斗

权指挥忻口战役。

忻口，是晋北通往首府太原的门户，是保卫太原的最后一道防线。为了捍卫这条防线，第二战区集结了6个集团军，约28万官兵。在抗战史上，忻口战役之所以重要，除了其艰苦卓绝的战斗强度，还因为这场战役是国共合作后联合作战的典范，两军配合非常成功，取得了一系列经典战役的胜利。此外，通过这场战役，中国共产党领导的八路军确立了自己的战斗方式，那就是有效的游击战。此次战役，朱德总司令亲自挂帅，八路军主力部队也悉数参战。而此时，集结在忻口附近参与会战的日寇约有3个师团，7万余人。显然，中国军队在人数上占有绝对优势，而且占有天时地利人和等诸多优势，但现代战争需要先进的武器装备，更深一层比拼的是国家的工业实力和工业基础，中国在这些方面的落后彻底改变了战争的方向。日寇在人数上虽然不占优势，但都是精锐之师，训练有素，作战经验丰富，另外，还配有350多门大炮、150多辆战车和300架飞机，这些都为其增添了取胜的砝码。“其战法，先以火炮轰击，次以装甲车坦克车随之，而后再随之以步兵，其步兵虽不大勇敢，而其轻重兵器颇便，我与之抗，若非十分沉着，绝难抵御。”第9军54师师长刘家麒在写于忻口战役期间的日记中这样记述。

忻口一役，中国军队损兵折将，战局异常被动。然而，越是在危难时刻，中国人坚毅的品格，视死如归的精神才越得以集中展现。原平镇附近集结了大批日军，战斗很快打响，局面极其不利。当时驻守在原平镇的是晋绥军第66军第196旅，旅长是山东人姜玉贞。早在开战前，姜玉贞就接到了来自第二战区长官司令部的命令，上面只有简单的一句："虽剩一兵一卒，也得在原平死守七天。"七天，对于武器装备远不及敌人的姜玉贞来说，无疑是个难以面对的数字。但是，姜玉贞知道，这七天对他来说，也许意味着牺牲，但对于整个战区来说，或许就是胜利。当时，因为日寇推进速度太快，第二战区组织忻口战役的准备工作并没有完全到位，就连战场总指挥卫立煌此时都尚在石家庄，而从五台山向忻口方向转移的晋绥军主力，也还需要两天才能到达。为了给主力部队争取充裕的时间，姜玉贞毅然扛起了阻击任务，带领部下抓紧时间修筑工事，死守原平附近的铁路和公路。

在飞机、大炮的配合下，日寇向原平发起了数次极有力的攻击，均被视死如归的姜玉贞和他的第196旅击退。几仗打下来，姜玉贞的部队伤亡惨重，阵地也越缩越小，最后不得不退守城内。终于，姜玉贞在原平挨过了七天，眼看着终于可以撤退了，这时又有命令传来。还是很简单的一句话，就是要姜玉贞再坚持三天，死守原平。姜玉贞二话没说，把军令往兜里一揣，就上了战场。"誓死抗战，无令不离斯土。"这句掷地有声的铿锵之言，说起来容易，真正能做到的又有几人?

当时的情形其实对姜玉贞极为不利。一方面，部队伤亡

实施毒气攻击的日军

过大，已呈难以招架之势，而此时，另一处号称要死守的战略要地崞县已经沦陷，大量日军都赶来支援原平。炮火中，姜玉贞看了看身边的兄弟，原本约4000人的队伍如今只剩下五六百人，阵地也缩小到城东北角一隅。然而，即便是只有这么少的人，即便是面临这么不利的条件，姜玉贞和他的兄弟们都没有退缩，他们和日寇开展巷战，与敌人短兵相接，寸土必争。“原平城内是一条南北街，日军进城后占领了东半城，我们据守西半城。双方隔一条街，各在自己一面的商店橱窗或房屋的窗口用土袋作掩护，白天对峙，半截枪都伸到土袋外面。我曾亲眼看到有的士兵跑出去在敌人的掩体前夺枪。入夜则互相发起冲锋，展开肉搏，逐院争夺。”时任第196旅第392团第2营少尉副官的田家德在回忆原平血战时说。若干年后，田家德还能清晰地记得在战场巡查的姜玉贞的模样，“他个子特高，穿着黄呢军官服，脖子上还挎着两个大号手掷弹。”这个脖子上挎着两个大号手榴弹的形象也许是战场上大部分指挥官所应有的形象，而这种形象在一些战地老照片中还时常可以看见。一直以来，这个山东大汉都以治军有方，作战勇敢著称，而惟其是这样一支队伍，战区司令部才敢把这个几乎不可能完成的任务交给他们。就这样，第196旅终于坚持到了命令规定10月10日。深夜，姜玉贞下达了撤退并在太原北营集合的命令，残部分散突围。据幸存的士兵回忆，11日凌晨，当时的姜玉贞率领一个小分队从城中突围而出，此时天已微微亮，姜玉贞一个人走在队伍的最前面。在从高粱地走上公路的时候，日本炮兵准确地找到了身材高大、身穿军官制服的姜玉贞。一发炮弹在姜玉贞周围炸开，随着一声巨响，姜玉贞倒在血泊之中，骁勇的军人牺牲在黎明来临之时，这是多么令人惋惜的事情啊！

早在被困城里的时候，姜玉贞曾向第二战区司令长官阎锡山发去绝命电："我旅正与敌人逐院逐巷死拼，请长官放心。我已告忻口前线指挥郝梦龄将军，在援军未到忻口，新阵地未布置好以前，姜某绝对死守原平，望长官绝不因原平危机而生顾虑。"孤军奋战的姜玉贞用实际行动，用自己的生命兑现了自己的承诺，为忻口布防争取了宝贵的时间，也让嚣张的日寇对中国军队有了新的认识。姜玉贞虽然牺牲了，但他坚贞不屈、视死如归的品格却得到了升华，此役打出了中国军人应有的本色，鼓舞了广大军民，也引领了忻口战役的走势。次日，日寇占领原平。而崞县、原平的沦陷，也正式揭开了忻口战役的序幕。

忻口村，西靠山坡，东临滹沱河，居于四十里孤山之东北部，山地多于平地。有一种说法是，此地为忻州北部之隘口，所以名忻口。还有一种民间传说认为，汉高祖刘邦当年率部与匈奴打仗，被匈奴追至忻口这地方的时候，反击匈奴，打了一个大胜仗，因此给此地起名忻口，忻者，喜悦也。不管是何种说法，都凸显出忻口的重要战略地位。早在北齐、北周以及五代时期，忻口都是中原王朝与北方少数民族争夺的关口。

第29军副军长佟麟阁将军

该村系沿官道而居，地理狭长，从北至南大约4公里，而东西仅100米。根据战前动员会上的部署：第二战区副司令长官卫立煌任前敌总指挥，组织了忻口战役。具体兵力部署为；以第9、15、17、19军及第14集团军等部组成中央兵团，由卫立煌副总司令指挥，负责守卫蔡家岗、灵山、南怀化、阳明堡一线阵地；以第18集团军也即八路军（除120师）、第73师、第101师等部组成右翼兵团，由第18集团军总司令朱德指挥，守卫五台山一线阵地；以第68、61、120师及独立第7旅等组成左翼兵团，由第6集团军总司令杨爱源指挥，防守黑峪村迄阳方口一线阵地；以第34军、35军和第66师等部为预备队，由第7集团军总司令傅作义指挥，在定襄、忻县一带策应各方。此时，日寇的快速推进使得第二战区司令部不得不做出重新部署，调遣傅作义的策应部队，加入中央兵团，与敌人在忻口一线作战。

10月13日，中国军队中央阵地——南怀化受到了飞机大炮掩护下的五千日寇的猛烈攻击。在狂轰滥炸之后，南怀化阵地几乎夷为平地。然而，身陷焦土的中国守军并没有丝毫退缩，反而越战越勇，与敌人展开拉锯战，阵地13次易手。次日，日寇不得不增兵数千，发起了更加猛烈的进攻，南怀化阵地最终落入敌手。为收复失地，二战区司令部急调第9军军长郝梦龄率5个旅向日寇占领的阵地发起反攻。

“先前我们一个团守这一阵地，现在我们剩下一百多人，编成一个连，还是守这个阵地。就是剩下一个人也要守这个阵地。我们一天不死，抗日的责任就不算完。我出发前，已在家里写下遗嘱，不打败日寇决不生还。现在同你们一起坚守这块阵地，决不先退。我若先退，你们不论是谁都可以枪毙我。你们不论是谁，只要后退一步，我立即枪毙他。大家敢陪我在此坚守阵地吗？”在战前动员会上，郝梦龄高声询问官兵。“誓死坚守阵地！”官兵的吼声震天动地。郝梦龄看着可爱的部下，心中感慨万千。

如果不是抗战爆发，郝梦龄此时应该是在四川陆军大学将官班学习。生于河北的郝梦龄家境十分贫寒，只读了三年私塾就被父亲送到一家杂货店当学徒，后因不堪忍受老板虐待，毅然从军。半生戎马生涯，都是在和同胞自相残杀，郝梦龄对军旅生活感到极度厌倦，多次请求解甲归田。请求非但没有被批准，郝梦龄还作为可造之才，被送去四川进修。然而，就在郝梦龄赶往四川的途中，抗战爆发了。与生俱来的民族危机感和军人的天职，使得郝梦龄立刻作出决定，违令返回驻地贵阳，请命北上抗日。

因为不愿意参加内战，郝梦龄和他的第9军于1935年被调往贵阳、独山、遵义等地，负责修筑川黔、川滇公路。川黔公路通车后，第9军又担负起保卫和养护公路的任务。抗战爆发时，第9军已经在贵州修了两年公路。面对“修路大队”的请求，国民政府一开始不以为意，毕竟从贵州抽调军队赴华北参战，多少有点劳师远征的嫌疑。但是，郝梦龄坚持己见，再三请求，作为河北人，北上抗日也算是保卫家乡，终于国民政府同意了郝梦龄率第9军北上抗日的请求。到达石家庄后，归属第十四集团军司令卫立煌指挥，随即便马不停蹄地开赴山西参战。

自古以来，为表达死而后已的决心，为将者多“抬棺出征”之人。从项羽的破釜沉舟，到左宗棠抬棺出征，以及历史小说《三国演义》里大肆渲染的“庞德抬棺战关羽”的故事，都传递了中华民族视死如归的民族精神。在很多抗战题材电视剧中，我们都能看到这样的情节，在上战场之前，我们的军人（大多为敢死队）都写好遗书，交由专人保管，以表示杀身成仁的信念。这类情节，或许有演绎的成分，但在真实的历史中，我们很容易就能找到这样的例子，郝梦龄就是其中的杰出代表。

在北上的路上，郝梦龄率部途经武昌，他专程回了趟在武昌的家。随着部队驻防的变动，郝梦龄已经搬了好几次家了，而且每个家都是租赁的。据郝梦龄长女郝慧英回忆：“在武昌居住时，母亲曾看中现在蔡锷路上一幢两层的小洋房，房主开价要一万块钱现洋，母亲向父亲开口要钱，却遭到父亲的强烈反对，父亲说军人应以四海为家，如果你们走到一处便购置一处房产，我贪恋小家，岂不是误了国家！就这样，最终未能购置一处房产。”不为小家误了大家，这样一个铮铮铁汉在子女的眼中其实充满着柔情。家中儿女知道，每次打完仗后，

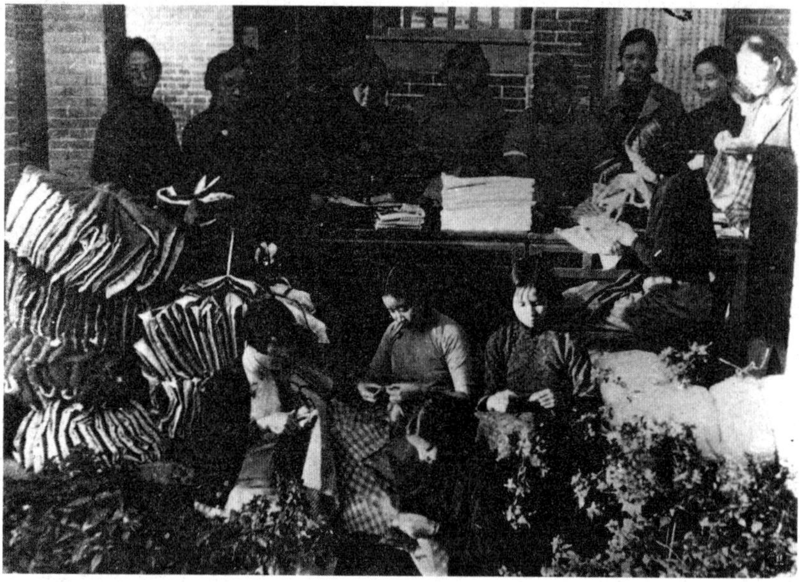

后方妇女为前线战士缝制衣物

但凡稍有空隙，父亲都要回家小住几日。哪怕是来去匆匆，孩子们都会因为父亲的到来而格外高兴，父亲也是如此。此次回家，郝梦龄和孩子们谈起了民族大义："我爱你们，但更爱我们的国家。现在敌人天天在屠杀我们的同胞，大家都应该去杀敌人。如果国家亡了，你们也没有好日子过了。"临别之际，郝梦龄给已经15岁的郝慧英留下一封信。父亲走后，郝慧英拆开那封信，赫然发现原来是郝梦龄的遗书。他写道："此次北上抗日，抱定牺牲。万一阵亡，你等要听母亲的教调，孝顺汝祖母老大人。至于你等上学，我个人是没钱。将来国家战胜，你等可进遗族学校。"看着这封遗书，家里人都有些恍惚，还没等大家从悲观的情绪中回过神来，郝梦龄从前方寄来了一封信。在这封决战前写给妻子的信中，郝梦龄说："此次抗战，乃民族、国家生存之最后关头，抱定牺牲决心，不成功便成仁。为争取最后胜利，使中华民族永存世界上，故成功不必在我，我先牺牲。我既牺牲后，只要国家存在，诸子女教育当然不成问题……余牺牲亦有荣。为军人者，为国家战亡，死可谓得其所矣！"

不可否认，在贵州修了几年路的第9军并不是中央军主力部队，武器装备上并不是最好的，再加上长时间疏于战阵，战法上也有不尽如人意之处，但狭路相逢勇者胜，巨大的勇气和高涨的士气填补了这些不足，一鼓作气势如虎的第9军有和日寇决一雌雄的资本。武器装备上的劣势是和尚头上的虱子，明摆着的事实，郝梦龄并不傻，因此他选择了夜袭，10月16日凌晨，在郝梦龄的带领下，中国军队向日寇发动了猛烈的攻击。那些在日本人印象中一击即溃的中国军队如今也组织起了反攻，这一幕让不少日寇感到吃惊。反攻收到了很好的效果，中国军队连续收复了好几个山头。当然，由于武器的落后，每一次冲锋，郝梦龄的部队都要付出伤亡惨重的代价，“连日昼夜炮战甚烈，五日来，已伤团长一员，营长五员，连长二十员，士兵数百名。”这篇记于10月12日的日记反映了当时战局的惨烈，随着战争的持续，伤亡人数不断增加：“今日督战，李（仙洲）师长负伤，戴（慕真）团长负伤，官员受伤过多。往日见伤兵多爱惜，此次专为国牺牲，乃应当之事。”平日里，郝梦龄以爱惜部下著称，然而在民族大义面前，郝梦龄没有儿女情长，反而表现出视死如归的爱国之情。而正是这样的精神，支撑着郝梦龄不知疲倦地指挥作战。

16日凌晨5时许，天刚蒙蒙亮，战斗还在持续。在前线督战的郝梦龄和54师师长刘家麒，恐怕天明后中国军队阵地受敌炮火威胁，不能巩固，不如乘胜追击，迅速歼灭残敌，于是挥兵奋进，敌军混乱，以机枪、手榴弹掩护后退。这时，郝、刘二将军已快到散兵线之前，距离敌人只有200米。在通过一段隘路时，郝梦龄被敌人的机枪子弹打中，倒地后的郝梦龄并没有慌张，而是指挥部下隐蔽撤退，不幸被打中的还有同他在一起的刘家麒，以及独立第5旅旅长郑廷珍。战士们把三位指挥

在街头演出的抗日文艺团体

官抬下阵地时，他们已经奄奄一息，临别之际，郝梦龄仍高呼杀敌报国，壮烈牺牲。“站在哪里，死在哪里。”为了鼓舞士气，郝梦龄曾挥笔写下这八个铿锵有力的大字，晓谕全军将士，如今他用生命诠释了这八个字的意义。郝梦龄的牺牲，震惊了全国，因为时年39岁的郝梦龄是抗日战场上牺牲的第一位陆军中将。

郝梦龄以身殉国，实现了他为国家、民族而战的夙愿。郝梦龄牺牲后，国民政府为他举行了国葬，追赠他为陆军上将，以示褒扬。1938年3月12日，毛泽东在延安追悼抗敌阵亡将士大会上称赞郝梦龄等是中国人民“崇高伟大的模范”，他们用自己的血肉之躯证明“中华民族决不是一群绵羊，而是富于民族自尊心与人类正义心的伟大民族”。“忻口战争是华北抗战中最激烈的战争，郝刘两军在前线同时作了壮烈的牺牲，卫立煌将军指挥下的全线部队，虽遭受重大伤亡，毫不动摇；许多忠勇将士的英勇奋斗，是值得每个同胞永远纪念的。”时任八路军政治部主任的任弼时在1938年1月撰写《山西抗战的回忆》一文，谈到忻口战役时对正面战场将士的英勇给予了高度评价。

河北、山西等地，自古多慷慨之士，三国时期大文豪曹植曾在其《白马篇》中对“幽并游侠儿”表达了崇高的敬意，其诗曰：“白马饰金羁，连翩西北驰。借问谁家子，幽并游侠儿。少小去乡邑，扬声沙漠垂。宿昔秉良弓，楛矢何参差。控

左权

弦破左的，右发摧月支。仰手接飞猱，俯身散马蹄。狡捷过猴猿，勇剽若豹螭。边城多警急，虏骑数迁移。羽檄从北来，厉马登高堤。长驱蹈匈奴，左顾凌鲜卑。弃身锋刃端，性命安可怀？父母且不顾，何言子与妻！名编壮士籍，不得中顾私。捐躯赴国难，视死忽如归。”千百年来，历史的天空斗转星移，而中国人“捐躯赴国难、视死忽如归”的民族精神却不曾改变，一代又一代中华儿女用生命谱写着英雄的赞歌。在忻口，郝梦龄、刘家麒，还有郑廷珍，血战原平的姜玉贞，以及千千万万阵亡的官兵无愧于养育他们的这方土地，这片大好山河。从大的方面讲，忻口战役并没有取得扭转乾坤的战果，但由于中国守军的顽强作战，敌我双方在忻口中央阵地激战了半月之久，日寇始终没有完全占领这片区域。

除了正面战场与敌人针锋相对的决战，中国军队还在两翼的五台山和武山区对日寇进行不断的袭扰，收复了宁武、广灵等地。如果要说对战局最有帮助的，则非八路军129师769团的一次夜袭莫属。

二、出征

寇深矣！祸亟矣！同胞们，起来，一致的团结啊！

我们伟大的悠久的中华民族是不可屈服的。起来，为巩固民族的团结而奋斗！为推翻日本帝国主义的压迫而奋斗！胜利是属于中华民族的！

——《中共中央为公布国共合作宣言》

山西代县，滹沱河奔腾而过，在河的北岸，有一个叫阳明堡的小镇。这里自古就是重要的军事要地，历来都是兵家必争之地。当历史的车轮驶进二十世纪，积贫积弱的中国面临亡国的危险，抗战以来的节节败退严重打击了国人的信心，考验着军民的意志。正是在这样的危难时刻，阳明堡这座小镇从默默无闻走进历史，迸发出一束希望的光芒，照耀神州大地，为前线的将士带来喜悦，为广大的民众带来了希望……

1937年，十年的内战随着“西安事变”而演变成“兄弟阋于墙外御其侮”的国共第二次合作，这一次，磨合的痛苦贯穿始终。根据协议，共产党领导的工农红军改编为国民革命军，协同作战，共同抗日。十年的战斗，中国工农红军从星星之火到燎原之势，可谓历尽坎坷，数万战士战死沙场，又有数万新鲜血液补充进来。从起义，到反“围剿”，再到长征，红军聚散不定，人员变动频仍，因此改编可谓是家常便饭。然而，这一次的队伍改编，却遭遇了不小的抵触，新编的国民革命军第八路军129师也不例外。

129师由中国工农红军第四方面军第31军和第4军，陕北红军第29军、第30军，独立第1至第4团以及第15军团的骑兵团等部队改编而成。如果说这一系列的番号不好记的话，我们可以换一种简单的说法，那就是129师主要由红四方面军改编而成，而师长刘伯承则来自红一方面军，原红四方面军总指挥徐向前任副师长。129师下辖第385、第386两个旅、教导团和5个直属营等，全师共一万余人。

改编带来的第一个问题就是编制问题，也就是所谓的缩编。由于国民政府给八路军的编制很有限，红军的干部不得不降职，原来的师长当团长，原来的团长当营长，原来的营长当连长，以此类推。这样的改编法给久经考验的红军指战员带来了不小的困惑，那就是改编的意义何在，论打仗，红军不比国民党军队孬，抗日不就是跟日本鬼子打吗？凭啥要接受国民党的改编，还要降级处理。有些指战员思想上转不过弯来，对改编就自然而然地产生了抵触情绪。思想上的问题，只有通过思想工作才能解决。为此，刚上任的师长刘伯承多次深入到各级指战员中，了解情况后，对全体指战员进行了集中辅导。他反复宣讲形势任务和红军改编的意义。他说："红军改编了，我们就可以高举起抗日的旗帜，可以不打内战而达到一致对外、集中力量打败侵略者。打不打日本帝国主义，是个原则，又是个试金石，中华民族每一个人都要接受它的考验。这是顺民心、达民意的大道理，思想上应该通，不通也得通。"一席话，既从民族大义上说出了改编的必然性，又从抗战实际情况上肯定了改编的重要性。指战员的心结算是解开了，但广大红军战士心中的结还在。

红军队伍中，多是不堪压迫的穷苦大众，参加红军就是为了和压迫者决裂。在之后长达十年的战争中，眼见着身边的战友换了一批又一批，血海深仇还没有报，现而今光荣的红军，那个当初令广大穷苦百姓热血沸腾的名字，现在居然要换成国民革命军了，这不就是国民党军队吗？有些战士怎么也转不过弯来，打心眼里反对这个"国民革命军第八路军"的编号。

刘伯承出身行伍，戎马一生。他带兵打仗不但有勇，更善用谋，是著名的"儒将"。面对不愿接受改编的战士，刘伯承先是摆出了一堆道理，从抗日救亡的需要讲到国际形势，从统一战线讲到改编的重要性，可谓头头是道。战士们虽然也明白这些大道理，但心里还是转不过这个弯。一个优秀的思想工作者决不会是一个教条主义或者本本主义的老夫子，必然是一个很懂得怎样讲道理、打比方、摆事实，根据具体情况因势利导的演说家。尤其是面对文化水平普遍不高的红军战士，讲道理固然重要，但打比方的方法似乎更有效，因此当时的红军指战员大都能把很深的道理通俗化，形象地说问题，才能事半功倍，刘伯承就是这样一个优秀的演说家。在讲了一通大道理之后，刘伯承用了一个形象的比方来说明改编的性质。他说："同志们，大家都见过西瓜，西瓜从外表上看是青的，但里面的瓤是红的。我军虽然在形式上进行改编，但我们的心是红的。名称变了，我们人民军队的本色没有变；帽子变了，我们人民军队的传统没有变。"多么深刻的道理，多么形象的比喻啊！这一席话如醍醐灌顶，纠结在战士们心中的心结终于解开了，改编的小风波也告一段落。如果说改编风波中战士们见识的是刘伯承的睿智与风趣的话，那么在接下来的誓师大会上，全师上下又见识了刘伯承的军人作风。

1937年9月6日，在师长刘伯承亲自主持下，第129师全体指战员出师抗日誓师大会在陕西省三原县石桥镇举行。会场设在石桥镇附近的荒地上，布置极为简单，只在主席台正面挂了块布，一万多人的队伍肃立四周。可惜天公不作美，誓师大会开始前，天降大雨。在凡事都要讨个好彩头的中国人眼里，这场雨可不是什么好预兆，私底下已经有战士在窃窃私语了。即便如此，誓师大会还是如期开始，师长刘伯承走上主席台，

1932年上海抗战

脸色严峻。这时候，警卫员拿过雨衣，要给刘伯承披上，被他一把推开。大雨顺着八角红军帽滴答而下，流过刘伯承消瘦的面庞，刘伯承毫不理会。只见他庄严地摘下军帽，带头换上了有国民党“青天白日”徽章的帽子。随后，刘伯承大喊一声：“换帽！”台下的战士纷纷拿出之前怎么看怎么别扭的新军帽，端正地戴在头上。他带领全场人员，大声宣誓。刘伯承每念一句，队伍就跟着大声呼喊一句，雄壮的声音在黄土高原上空回荡，这是从中国人心底发出的“最后的吼声”。“坚忍不拔的意志、同甘共苦的精神”，这是129师首任师长刘伯承送给他的部下一份最珍贵的见面礼。经过这次“换帽风波”和誓师大会，广大官兵对刘伯承师长的人格魅力都心悦诚服。至此，那支日后令日寇头疼不已的129师宣告成立，而随后在抗日战场上打响129师第一枪的769团也正式诞生。

作为人民军队打仗最多的部队之一，769团可谓战功赫赫，几乎从没打过败仗，是支战无不胜攻无不克的常胜团。不仅如此，769团还被称为“百将团”，因为这个团里走出了116名共和国的将军，其中最为大家所熟知的，就是后来的中央军委常委、共和国上将陈锡联。作为769团首任团长，早在改编之前，陈锡联便长期带领这支队伍打了无数的硬仗，因此这支队伍的个性在很大程度上也是陈锡联带出来的。

再往上追溯769团的源头，我们需要把目光投向十年前的湖北。1927年，中国共产党领导的工农武装组织开展了一系列武装革命，湖北的黄麻起义即是其中的一个。起义队伍红28团和其他队伍一样，在不利的局势下开始战略转移，编入红四方面军第10师。在到达陕西后，第10师接受改编，成为八路军129师385旅769团。

作为主力部队，第10师有2900余人，且多骁勇善战之士。陈锡联由第10师师长改任769团团长，汪乃贵任副团长，下辖3个营：一营营长孔庆德，二营营长谭德仁，三营营长赵崇德。团部还设有参谋处，参谋长范朝利；政训处，主任丁先国；此外还有供给处、卫生队。团直属队还有迫击炮连、特务连和通信排等。这近三千人的队伍，大部分都是经历了长征的洗礼，可谓身经百战，年纪不大，本事不小。而且，这次整编，人员上没有多大的变动，战斗序列也得到了保障，可谓来之能战。至于战之能不能胜，则要综合考虑，首先就得看指挥官的智慧。

团长陈锡联，1915年生于湖北黄安（今红安），出身贫苦农家，是从放牛娃走上革命道路的。14岁那年，偷偷从家里跑出，参加徐海东领导的红军游击队。15岁，成为鄂豫皖红军红一军第一师第三团战士，在副军长兼第一师师长徐向前领导下驰骋鄂豫皖。在战火的洗礼下，陈锡联由“小胖”蜕变成“小钢炮”，若干年后，当年的红军领导还记得这个称号，见到陈锡联就会喊他“小钢炮”。小钢炮，其实就是现在的战争戏中常见武器——迫击炮，这种武器在当时的红军装备中算是最厉害的了，小且威力无穷，这是红军对小钢炮的定义。作为一名年仅15岁，入伍仅一年的小兵，杨家寨之战是陈锡联经历的第一次大规模战斗，敌人是一个团的正规军。冲锋开始了，陈锡联人小胆大，抄起大刀，跟在班长身后，大喊“冲啊”，向敌人阵地冲去。是役，红军毙、伤、俘敌数百人，并生擒敌团长，取得了鄂豫皖红军首次全歼敌人正规军一个团的重大胜利。陈锡联在之后的作战中，无论是作为战士还是作为干部，都始终冲在队伍前面，十分英勇。有一次战斗，陈锡联还抓住了敌人一个书记官，缴获了一支红色派克钢笔，炫耀了很久。几仗下来，陈锡联在红一师中出了名，据他本人回忆说：“在这几次战斗中，我因冲锋在前、打仗勇敢而受到连、营首长的表彰。有一次，营长高汉楚在战后讲评时说，‘小胖人小志气大，打仗很勇敢，就像一个小钢炮！’”从此，“小钢炮”的名号就在鄂豫皖红军中流传开来，成为陈锡联的代名词。

在接下来不到7年的时间里，陈锡联在战火的洗礼下迅速成长为一名优秀的红军指挥官，率部参加了长征途中许多“啃硬骨头”的关键战役。如果说参军初期考验的是一个人的勇气的话，那么随着战争的深入，考验的就是一个人的智慧，战争的智慧，对于指挥官来说，还有指挥的艺术。对于身经百战的红军指挥员来说，开展军事教育的学堂往往是战场，他们在实践中学习，在战斗中总结经验，或者是相互间在探讨作战计划时互相切磋。虽然在长征结束后，红军大学即在陕北瓦窑堡开学，但作为主力部队的一把手，陈锡联根本没有时间进行脱产学习，因为马上要迎接他们的是更加艰难，责任更重的战斗——抗击日本侵略者的战斗。

和陈锡联比起来，副团长汪乃贵显得更幸运一点，抗战开始前一年，他有幸进入开学不久的抗日红军大学，学习军事知识。但是随着抗战的爆发，汪乃贵不得不返回队伍，并出任新编第769团副团长。没办法，战争时期的学习总是断断续续，之后汪乃贵断续又到抗日军政大学学习。参谋长范朝利读了3年私塾，算得上是喝了点墨水的人，15岁那年，身为油坊学徒的他不堪压迫，毅然参加工农红军。在红四军，范朝利逐渐成长为一名政治工作者，然而长期担任指导员的他直到1943年才有机会去延安的中央党校学习。新中国成立后被周恩来总理称为“孔大炮”的一营长孔庆德算是769团指战员中学习经历最为丰富的一个。孔庆德参加革命的历程较为曲折。他早年参加北伐军，参加过军阀间的“中原大战”，1931年的一个深夜，熟睡中的孔庆德被唤醒，随部起义，参加红军。在红军中，孔庆德得到了很好的锻炼，一度担任红四军第10师师长。更为难能可贵的是，孔庆德还在战火纷飞的岁月里接受了军事教育，1936年，孔庆德进入红四方面军红军大学上级指挥科学习，该科主要吸收营团干部学习。学成归来后，孔庆德适应工作需要调任红四军教导团团长，后随教导团编入援西军随营学校，改任军事教员。对于一支铁军来说，与坚毅品质同等重要的是良好的战术素养，而这必须是通过学习才能获得的。

身为团长，陈锡联固然没有太多时间和精力系统地学习军事理论，但他拥有一颗勇于学习的心。在带兵打仗的间隙，陈锡联都会抓住哪怕是很短的一点时间，读书学习，而正是通过坚持不懈的学习，陈锡联才能由一门革命“小钢炮”成长为共和国名将。

“八路军是一所伟大而实际的大学。这里，理论的花朵真正从实际的土壤里培植出来。多少埋藏在地下的天才，人民的天才，由于得到充分的阳光与素养，而光荣滋发。陈锡联将军便是其中一个。”

写下这段话的是《新华日报》（华北版）的记者。1939年，记者到部队采访陈锡联，时常看到他在紧张的战斗间隙凝神地伏在桌前，读书学习，于是有感而发，写下了如诗般的报道。在战火纷飞的岁月，陈锡联从来都不是一个只会冲锋的人，他的成长始终伴随着勤奋的学习。尤其是在担任769团团长之后，他有机会更多地接触像刘伯承这样的军事理论家。刘伯承辛亥革命爆发后从军，随后进将校学堂，学习各门军事课程，同时熟读中国古代兵书，转战巴蜀多年，终成“川中名将”。红军时期，刘伯承曾任中央军事政治学校校长兼政治委员、工农红军总参谋长等职。其间，还撰写了《现在游击队要解答的问题》、《到敌人后方开展游击战争的几个教训》等，并翻译多篇苏军教材和理论文章，促进了红军干部军事素质的

陈嘉庚发表抗日演说

提高。在开赴抗日前线的列车上，陈锡联终于有机会向“军神”刘伯承讨教军事学问了。

谈话先从平型关开始，作为一个经典战例，平型关伏击战除了实际的战果，还有许多值得探究的战略价值。平型关的胜利告诉我们，八路军是能打赢日本军队的，但是怎样打，这里面的学问可不小。刘伯承引用了《孙子兵法》中的“知己知彼，百战不殆”来定位即将开始的战斗。确实，与之前的“反围剿”截然不同的是，日本侵略者装备精良，战术素养极高，绝对不是国民党军队所能比拟的，要是还按照老一套办法去对付他们的话，必吃大亏。所谓“知己，就是熟悉自己部队的状况、特点，做到知我所长；知彼，就是了解敌人，研究敌人，知敌人所短”。刘伯承还告诫陈锡联，一定要做好战前的侦察和准备工作，不打糊里糊涂的懵懂仗。

结合山西的地形，刘伯承还强调了地形勘察的重要性。他用眼镜盒、茶缸做演示工具，教陈锡联如何做好沙盘作业。虽然是身经百战、经验丰富的指战员，陈锡联们和其他众多非科班出身的红军干部一样，对沙盘作业并不熟悉。与别人的不同之处在于，陈锡联并没有抵触或者蔑视沙盘作业，而是悉心听讲，努力学习。正确领会上级意图，善于把握战机，机动灵活地寻歼敌人，是陈锡联指挥作战的一个重要特点。在其晚年所口述的回忆录中，陈锡联把小时候的自己说成是“放牛娃”，而其人生历程和战斗经历，无处不体现了善于把握时机、机动灵活的特点。

黄麻起义，给黄安（今红安）地区的贫家子弟带来了改变命运的希望，当时，参加革命是年轻人心中的理想，放牛娃陈锡联也不例外。但是，陈锡联家里的情况确实比较特殊。父亲早逝，孀居的母亲一个人要拉扯4个孩子，生活的艰辛可想而知。

打小起，陈锡联就帮助母亲干活，家里田里，什么地方都有他的小身影。稍微大点，陈锡联就去给人家放牛，当起了长工。长工的活可不好干，如果再遇上刻薄的主家，就真的连猪狗都不如了。陈锡联人虽小，却天生不是逆来顺受的主。主家打他，他就打牛出气，主家不让他吃饱，他就自己去外面打野食。在他放牛的地方，有个鱼塘，饿的时候，陈锡联就想着抓条鱼来烤着吃。鱼太滑了，抓了好几次，小陈锡联一无所获。看来硬上是不行了，无奈，只好琢磨琢磨采取点措施了。小陈锡联注意到鱼儿被他一搅和，有的会蹦出水面，他眉头一皱计上心来。只见他起身上岸，来到田边，薅了一把稻草，编成一个薄薄的垫子，放进鱼塘。垫子漂在水面上，陈锡联就在附近使劲地搅水，鱼儿受了惊吓，有的四处乱窜，有的蹦蹦跳跳，这些跳起来的鱼掉在草垫子上，就成了陈锡联的“俘虏”，一顿美味就有了着落了。

在战场上，陈锡联也凭借自己的机智灵活度过了一个又一个险关。1932年，发生在西进途中的一个小插曲或许最能体现陈锡联的这一特点。这一年是10月，鄂豫皖红军第四次反“围剿”失利，被迫撤离苏区，西行转到外线作战。11月，部队西进至陕西，在一个叫子午镇的地方，担任后卫的第11师被敌军截断，方面军总部急令回援。时任第10师第30团特务连指导员的陈锡联忙率连队去接应。一见敌人来势汹汹，陈锡联感觉硬拼是不行了，灵机一动。他命令战士们掏钱。正准备投入战斗的战士们一下子丈二和尚摸不着头脑，不知道陈锡联葫芦里卖的什么药，纷纷不解地掏出口袋里的银元。“把银元撒在大路上，快。”陈锡联高声对不知所措的战士们喊道。这是怎么回事？轻装前进也不在乎这一两块银元啊！这些钱可是好不容易攒下来的呢！有些战士心里犯嘀咕，没办法，指导员说了，扔就扔吧。于是，一枚枚银光闪闪的“袁大头”稀里哗啦地撒满了大路。陈锡联把自己兜里的银元也全都掏出来扔在路上，随即对全连战士说：“队伍分散在大路两边，隐蔽。”哦！原来指导员是要打伏击，战士们心里有底了，迅速在大路两侧埋伏起来。很快，敌人的先头部队就追过来了，好家伙人还不少，武器装备也不孬，这要是硬拼还真得吃亏。再看那些追兵，追着追着一看，敌人不见了，地上洒满了闪闪发光的银元，这下子可发财了。也不管是什么红军了，也不论你是长官我是兵了，抢吧，于是乎追兵抢作一团。眼见时机成熟了，陈锡联拔出手枪，喊一声“冲啊”，带头冲向正在分赃的敌人。敌军先头部被陈锡联一冲，揣起抢到的银元，抱头鼠窜。就这样，敌人的追兵被先头部队一搅和，阵脚大乱。陈锡联用这些银元，解了第11师之困。

有了足够的勇气，足够的智慧，足够的经验，在成长为名将的道路上，陈锡联仿佛只等待最后一项条件：足够的战役。是的，古今中外，历朝历代的名将，都有其代表性战役，或者是一战成名的地方，陈锡联也不例外，而他的战役，则在山西。

太原，山西首府，位于山西省境中央，别称“并州”，自古多豪侠之士。太原三面环山，自古就有“锦绣太原城”的美誉，是中国北方的军事、文化重镇。近代以来，这座千年古城和一个人的名字紧密联系在一起，阎锡山。在那个军阀割据的时代，各省枭雄辈出，其中声名显赫者，东北有张作霖，山西则有阎锡山。太原是阎锡山经营多年的大本营，某种意义上说，忻口战役的主要目的就是要保卫太原。在太原，阎锡山可以说一不二；在太原，阎锡山才能虎视群雄。1937年的10月，太原城里已弥漫着浓厚的战争气氛，街上行人脸色都很凝重，报贩则在大声叫卖前方战报，无非是崞县已经失守、原平血战正酣之类的新闻。阎锡山官邸，此时也处在混乱的战备状态，这时候副官进来报告，说有八路军方面的代表造访。

阎锡山说了声请，只见副官领进来一群人，为首的四十开外，中等身材，戴着一副眼镜，虽然衣着朴素，却从里到外透着儒雅。来者并非旁人，正是赶来支援忻口战役的八路军129

师师长刘伯承。就在这个月的11日，刘伯承率129师先遣队到达太原。此行的目的，非为其他，主要是向第二战区司令长官阎锡山申请补充军粮和弹药。在安排好先遣队住下后，刘伯承马不停蹄地赶到阎锡山官邸，交涉粮、弹补充等事宜。

一见刘伯承风尘仆仆的样子，阎锡山急忙起身相迎，嘴里不停地说："哎呀，刘师长，许久不见，来来来，我正等着你来商量作战计划呢。"刘伯承寒暄了几句，就直奔主题："阎长官，我们八路军129师此次赶来山西前线，就是贯彻国共合作的既定方针，配合友军作战，抗击日寇来的。但是，想必阎长官也知道，就凭我们以前红军的那些老家底，有人说是小米加步枪，怎么和飞机加大炮的日本鬼子打？所以，我这次来，就是专门请阎长官能给我们补充一些枪械弹药。"一听刘伯承说要枪械弹药，阎锡山立马做出很为难的表情，紧皱眉头地说："实在是抱歉啊，刘师长，你这缺少弹药怎么不早说啊！你看，现在前方战事吃紧，想必你也有所耳闻，我的武器弹药都分发给前线部队了，手上也就那么几件家伙，留着维持太原本地治安用的，给贵军的话估计也用不上。"刘伯承知道阎锡山是个出了名的"小气鬼"，因此对这个答复早有准备，于是微微一笑，说："阎长官，我这开一次口，您要是一点都不给，好像也说不过去吧。往小里说，您这有违军队按系统补充的规定，往大里说，您这可有跟国共合作唱反调的嫌疑啊！"阎锡山一听这话，马上装出一脸苦相，急忙辩解道："刘师长千万不要误会。咱们真人不说假话，兄弟我确实有个军械库，在阳坊口，可是前不久被日本人给端了，现在就连我们自己的枪弹都难以为继了，我这也是泥菩萨过河自身难保啊，希望刘师长您能多多体谅我这一家之长的难处啊！”交涉再三，阎锡山就是不松口，刘伯承实在是没招了，没办法，只能退而求其次了。

“阎长官，既然枪弹不能给我们，那我斗胆向阎长官要块地，作为我们129师此次赴山西作战的后方基地。不瞒您说，来之前我也勘察过，我们只要在昔阳划一块山地供我们安置伤兵，不知您意下如何。”阎锡山听罢，很快做出了回答：“这个没问题，不过这事我说了也不算啊，你可能有所不知，昔阳现在不归我这司令长官管了，那里现在是娘子关方向前敌总指挥黄绍竑管辖，你这还得去和他商量。”

话说到这个份上，刘伯承知道要靠阎锡山的支持，是不可能的。只好赌气式地说：“阎长官在补给上这样一毛不拔，真打起来对敝师不利啊！”阎锡山嘿嘿一笑：“刘师长，我这眼下确实很吃紧，希望刘师长体谅我们的难处，再说了，我们对贵师也是尽了力的，比如说，贵师769团只有三千人，我们就拨了五千套棉衣。”说罢，阎锡山略显得意地看着刘伯承，意思说我这话不假吧。这话说得一点也不假，此时的山西，已是仲秋时节，天气也开始变冷了，八路军战士还是破旧的夏装，于是在部队抵达临汾的时候统一从阎锡山的仓库里补充了棉衣。刘伯承心想，这个阎老西，特务工作做得蛮好的。原来，在侯马上火车的时候，阎锡山就派人给129师过了数。就这样，陈锡联和他的769团在太原补充了棉衣等物，乘火车继续前进。在火车上，刘伯承把陈锡联找来，对他说："看形势，太原是很难保住的了。"一听到这句话，陈锡联先是吃了一惊，要知道忻口那边交战正酣，而且八路军此行目的不就是参加忻口战役，保卫太原的吗？看着陈锡联惊愕的表情，刘伯承接着说："日军北沿同蒲路攻忻口，东沿正太路攻娘子关，显然是两面会攻太原。国民党军队两线防御兵力略占优势，两位前敌总指挥卫立煌、黄绍竑指挥上也不弱，然而友军装备比敌人差，火力也弱，加上作战指导上惯用一线硬顶的阵地战，不知因时变通，采取大纵深多梯次的防御，适时组织反击，所以最终是守不住的。"对于刘伯承师长的军事远见，陈锡联早有耳闻，这次听到刘师长对战局的分析，陈锡联感到一下子对整个战役有了清晰的认识。他知道，就在不久前，八路军总司令朱德已经率领115师和120师开赴忻口战役的右翼，扎营滹沱河南岸，依托五台山，组织防御。也正是在不久前，朱总司令下达命令，要求129师奔赴原平东北方向，投入忻口战役。听罢刘伯承的分析，陈锡联对即将开始的战争不是很有底气，于是就问："师长，我们团的具体任务是什么？"刘伯承扶了扶眼镜，亲切地望着陈锡联，满怀期待地说："你们团的任务不变，还是按照计划在原平东北侧击雁门关向忻口进击的敌人。我们师抗日的第一仗就看你的了。第一仗可打小一点，但第一炮一定要打响，出师的首战胜利特别重要。”打好出师首战，这是刘伯承对陈锡联的信任，而陈锡联也用自己的行动证明了自己有能力对得起这份信任。

这次不愉快的造访虽然只是出征途中一个不起眼的细节，但反映出的问题却很多。首先，所谓的国共合作并不可能是真正的亲密无间的合作，凡是涉及武装和地盘方面的问题，国民党方面就会非常敏感，可以说是绝不妥协。在这种情况下，装备严重落后的八路军在面对装备精良的日寇时不得不采取灵活多变的战术，从而也决定了八路军对日作战的规模相对较很小。灵活多变的作战思路往往在客观上推动胜利的天平向武器更差的八路军方面倾斜，从而取得了不小的战果。后方的缺乏使得八路军不得不采取机动的游击战，又不得深入敌后开辟根据地。其次，双方在重要问题上的不信任使得日后的抗日战争开始逐步走向各自为战，自忻口战役以后，国共两军在联合抗日方面鲜有成功的案例。再次，八路军方面，日渐失去了对国民党军队的希望，开始转向以我为主，坚持独立自主的抗日方针。不信任导致的处处防备使得共产党方面和八路军指战员感受到，国民党军队是靠不住的，要抗日，还是要以自己为主，围绕自身情况，开展卓有成效的对日作战。

“没有吃，没有穿，自有那敌人送上前，没有枪，没有炮，敌人给我们造。我们生长在这里，每一寸土地都是我们自己的，无论谁要强占去，我们就和他拼到底！”这首创作于忻

日本海军陆战队

口战役结束后两个月的《游击队队歌》以其轻快的曲调和朗朗上口的歌词，也因其生动地反映了华北抗战的主题，迅速在敌后根据地传唱开来，并流传到全国各地。其实，“没有吃，没有穿，自有那敌人送上前，没有枪，没有炮，敌人给我们造”唱起来虽然有革命乐观主义的大无畏精神，而在实际战斗中，从敌人手里夺取枪弹和粮食谈何容易。对于武器装备大大落后的八路军来说，每一次战斗，都意味着流血和牺牲，都意味着亲爱的战友一去不回。因此，如何减少伤亡，是每个优秀指挥官在当时重点考虑的问题之一。夜袭，是大多数指战员用以解决问题的途径。夜战，在军事字典中的定义是：夜间进行的作战行动。它的特点很明显，就是可以隐蔽行动，减少伤亡，迷惑敌人，出其不意，近战歼灭敌人。夜战从很多时候来说，是一种奇袭作战，比较适合实力较弱的一方，是中国军队一种行之有效的作战方式，大大弥补了火力和战力的不足。由于长期处于劣势的一方，从红军时代开始，人民军队就大量采用夜战，且战绩斐然，也积累了相当的经验，涌现出一批擅长夜战的指战员。夜战在中国具有悠久的历史，《孙子兵法》里就有关于夜战的记载，而到了平民大众军事教科书《三国演义》，对于夜战的叙述比比皆是，各种战例可谓一应俱全。抗战时期，在国民党军队方面，夜袭的最著名战例由喜峰口的大刀队创造；在八路军方面，则要数发生在阳明堡的夜袭。

三、夜袭

在中国人民抗日战争的壮阔进程中，形成了伟大的抗战精神，中国人民向世界展示了天下兴亡、匹夫有责的爱国情怀，视死如归、宁死不屈的民族气节，不畏强暴、血战到底的英雄气概，百折不挠、坚忍不拔的必胜信念。

——习近平《在纪念中国人民抗日战争暨世界反法西斯战争胜利69周年座谈会上的讲话》

金色九月，有一个日子永远值得中国人民纪念。1945年9月2日，参加对日作战的同盟国代表接受日本投降签字仪式在停泊于日本东京湾的美军军舰“密苏里”号上举行。日本代表在无条件投降书上签字，中、美、英、苏等9国代表相继签字。至此，中国抗日战争胜利结束，世界反法西斯战争也落下帷幕。1951年8月13日，中华人民共和国中央人民政府政务院发出由周恩来总理签署的通告，确定抗日战争胜利纪念日为9月3日。通告指出：本院在1949年12月23日所公布的统一全国年节和纪念日放假办法中，曾以8月15日为抗日战争胜利日。查日本实行投降，系在1945年9月2日日本政府签字于投降条约以后。故抗日战争胜利纪念日应改定为9月3日。为了纪念这样一个扬眉吐气的伟大日子，有的民主党派甚至以此来为自己的组织命名，这就是"九三学社"。每一年的9月3日，神州大地都要举办一系列活动，铭记历史，缅怀英烈。2014年2月27日，十二届全国人大常委会第七次会议经表决通过了决定，将9月3日确定为中国人民抗日战争胜利纪念日，每年9月3日国家举行纪念活动。69年后，我们以国家层面的庄重仪式，以全体人民的共同参与，向这场血泪书写的伟大胜利致以崇高的敬礼。

如果要敬礼的话，在遥远的1937年10月，在抗战伊始，我们要把这一礼敬献给刚刚到达山西的769团全体官兵，就像时任国民党第二战区副司令长官卫立煌一样。夜袭阳明堡之后，时任中共中央军委副主席周恩来收到一份发自第二战区司令部的电报。发电人非是旁人，这是指挥忻口战役的卫立煌将军。电文很短，写道："阳明堡烧了敌人24架飞机，是战争历史上从来没有过的事情，我代表忻口正面作战的将士对八路军表示感谢！"

透过硝烟，一位果敢的指战员站在滹沱河畔，昂首仰望天空，沉思着。"钢铁往往代表着健壮而坚定。二十五岁的陈锡联将军不只有着一副膂力过人的体格，而且有着一颗惊人的坚定果决的心。在战场上，一任战争的波涛掀天覆地地滚来，他岩石般的雄姿，屹然不动……一个钢铁的人！”1939年11月，《新华日报》（华北版）特派记者在采访时任385旅旅长的陈锡联时由衷地感叹。彼时，在记者眼中仍有些稚气未脱的陈锡联已是赫赫有名的抗战名将，而他一战成名的地方，就是阳明堡。陈锡联之所以沉思，是因为他正在面临一个很难的抉择，而长久以来军事斗争的经验告诉他，这次的判断准确与否，不仅关系到战士们的生命，甚至还会对战局形成一定的影响。

当时，为配合正面守军作战，八路军集结了3个师开赴战区，主要任务是在会战中“截断敌人后方交通，打击来援之敌”。10月16日晚上22点，陈锡联接到了朱德、彭德怀下达的作战命令。命令包括两个方面的意思：一、忻口北面之敌，昨今两日向忻口及其东西阵地猛攻，均未得逞，伤亡甚大。我贺师张旅（120师358旅）主力及陈旅（120师359旅）一个团，今晚向平地泉、原平之线袭扰。二、769团应于明拂晓前出发，进至原平东北之适当地点，分多数支队向原平及其以北地区积极袭扰，以威胁敌之后路，打击敌之来往部队与车辆。主力集结于滹沱河东岸相机使用，并注意与左翼友军联络。

接到命令后，陈锡联立即着手准备，次日凌晨即率部由驻地五台县郭家寨出发，当日便到达滹沱河东南岸的苏龙口村。苏龙口是滹沱河东岸一个不小的村庄，顺河南下40多公里便是当时的主战场——忻口。此时的忻口已是遍地狼烟，而苏龙口

密苏里号战舰上日本代表签订投降协议

一地既是敌后更是敌人增援的必经之途。于是，陈锡联决定在此伺机“截击敌军”。站在滹沱河畔的陈锡联没有文天祥那样忧国伤怀的诗情，少年从军，几经战火洗礼的他更愿意把忧国之情转化为昂扬的斗志，虽然他们也敬畏这古老的河。在他的眼中，滹沱河两岸是肥沃的土地，是壮丽的河山，如今它正经历浩劫。

其实，陈锡联之所以将队伍驻扎在苏龙口，还有一个很重要的原因。当769团抵达苏龙口的时候，陈锡联发现除了公路上日军的汽车整天运输外，涂着太阳标记的日军飞机也接二连三地“轰轰”飞过，飞行架次之密就像在马蜂窝附近，飞行高度之低简直就像在头顶掠过，而且飞机很快就在山后消失。爱动脑筋的陈锡联就开始琢磨，飞机飞得如此低，而且转眼就不见了，也听不到响，莫非敌人的飞机场就在这附近？如果敌人的机场真在附近的话，那么总部命令里的“相机而动”就有了用武之地了。在那个工业落后的年代，中国军队根本没有像样的防空武器，见了飞机只能是躲着走。国民党军队尚且如此，更别说武器更加落后的八路军了。其实，早在反“围剿”的战役中，在长征途中，陈锡联和他的部队都吃过飞机的大亏，因此他也深知飞机在一场战争中占有多么重要的位置。

在总结抗战前期中国军队节节败退原因的时候，人们往往会把它归结于国民党的不抵抗政策和当时国家的落后，然而一个不争的事实就是，热兵器时代，武器的先进与否、军队战术素养的高下往往能决定战争的胜负。很显然，明治维新后大力发展工业的日本在革新的道路上走得比中国更远，取得的成果也远远大于中国。政治经济领域的彻底改革使得日本很快成为一个国际上的大国，也催生了其独霸亚洲的野心。军国主义思想的泛滥使得日本长期处于军备扩张的状态，其在战争中使用的武器，以及长期良好的战术训练，多远胜当时的中国。因此，开战之初，日本才有“不可战胜”之说，直到“平型关大捷”。

平型关大捷的意义极其重大，这是毋庸置疑的，它不仅打响了中国共产党领导的八路军反击侵略的第一枪，还打破了日本“不可战胜”的神话，以至于确定了八路军开展“独立自主的山地游击战”的战略方针。其实，平型关大捷可总结之处还有很多。我军以伏击的方式，当时的地形对我军也非常有利。在参战人数上，我军数倍于敌人。然而战斗打响后，遭遇伏击的敌人并没有自乱阵脚，而是组织起顽强的反击。此役虽然胜利，但歼敌数量却不多，且没有一名俘虏，而我方所付出的代价与敌人不相上下。可以说，平型关大捷的象征意义大于实际意义，当全国上下欢庆大捷的时候，八路军对与日作战上有了新的认识。

“日本可以打，但不好打。”平型关战役之后，八路军指战员都形成了这样一个共识。如今又到了和日军交手的时候了，面对整装待发的769团，第129师师长刘伯承告别之际紧紧握住团长陈锡联的手，再三叮嘱：部队独自行动，要在上级总的意图下，根据千变万化的情况，独立自主，果断行事。对于当时年仅22岁的陈锡联来说，果断行事是再简单不过的事情，因此刘伯承补充道：我们师抗日的第一仗就看你的了。第一仗可以打小一点，但这第一炮一定要打响。不管是什么事情，只要是冠以第一的期待，就会让人顾虑重重。而除此之外，陈锡联还有更多的思考。

不久前，师长刘伯承与陈锡联道别去往五台山的时候，曾语重心长地跟他说："一个团几千人就交给你了。到晋北后，因为是分散游击，既要积极地寻找机会打击敌人，每战又应加倍谨慎，一定要做到情况清楚，部署周到，动作突然干脆。"陈锡联并非没有打过仗，也曾带领更多的部队作战，但都不能和现在孤军深入、在敌人鼻子底下讨生活相比。再回过头来看看手下的这些官兵，大都是枪林弹雨里闯出来，经历了长征的老伙计，是党和军队的财富，决不能因为一个错误的决定而让他们做无谓的牺牲。在战场上，指挥官最容易犯的错误之一就是冒进，毕竟战争是热血男儿的竞技场，指挥官如果头脑发热就很容易把队伍带到万劫不复的地步。在热火朝天的战场上，一个优秀的指挥官所具备的共同品质就是冷静。冷静地分析敌我形势，冷静地思考战略战术，冷静地指挥军队，冷静地面对突发状况……指挥官的冷静与否，不但决定了战争的成败，也主宰了每位战士的生死。按理说，陈锡联正处在一个很容易就头脑发热的年纪，然而22岁的他却有着与年龄不相符的沉着冷静。这时，他的脑海中响起不久前一位老乡的话，隔河十来里开外的阳明堡镇确实有个机场，还是阎锡山负责修的，是个军用机场，代县沦陷后很有可能已经成为日军的机场。按照老乡说的情况，再结合亲眼所见飞机降落的地点，陈锡联预感到敌人的机场就在附近，而至于打与不打，何去何从，陈锡联打算听听大家的意见。

很快，连以上的干部都被召集在简陋的团部，陈锡联向大家通报了相关情况。他和大家说，很明显，大家也都看到了，最近老是有飞机在咱们脑袋瓜子上转来转去，通过询问，当地老乡说，在驻地附近有一个军用机场，以前是阎锡山的，现在应该被日本人占领了，至于规模多大，守军有多少，现在还不清楚，需要进一步侦察。但是，可以肯定的是，这个机场目前正在执行忻口战役的轰炸任务，而且看它起飞的架次这么频繁，估计前线的友军吃亏不少啊。咱们769团这次奉命在此驻防，就是要寻机打击敌人，如今咱们是不理会这个机场，还是一鼓作气端掉机场，请大家发表意见。有的人说，管他“鸡场鸭场”的，反正他们的炸弹有没扔到咱们头上，管他呢。根据总部命令，咱们团是打击敌人来往部队和车辆，没有说要我们去袭击机场。再说了，飞机场长啥样估计咱们大伙都不知道呢，怎么打？打不下来怎么办？有人主张要打，同志们，咱们来山西不就是为了打鬼子吗，管他是增援的部队还是其他部队，只要是鬼子咱就打。况且，如果是机场的话，估计守军也不会太多，咱们把他们的飞机烧了，省得整天在咱们头上拉屎。一席话，逗得大家哈哈大笑。一时间，主张打的和主张不打的针锋相对地争吵了起来。

陈锡联一听，大伙说得都有道理，而且都是正确的选择，没有谁对谁错之分。不打，固然有循规蹈矩的嫌疑，而且有可能丧失一次绝佳的战机；打，固然是主动出击，但不得不说要冒很大的风险，胜负也很难说。这可怎么办呢？陈锡联仔细琢磨了一下，挥挥手止住大家的争论。大家一看，团长有话说，都不吱声了，齐刷刷得将目光转向陈锡联。陈锡联清了清嗓子，高声说："同志们，咱们是吃过飞机的亏的，现在这个机会真是千载难逢，要不把握住可是要后悔的。再说了，我看大家的讨论，主张打的同志略占上风，因此，我认为咱们该狠狠地教训一下嚣张的日本空军，让他们尝尝咱八路军的厉害。还有，总部的命令里清清楚楚写着要我们'相机使用'，刘师长也要我们抓住战机，我看现在就是一个很好的战机，在这里打响咱们129师的第一枪，我认为再合适不过了。"随后，陈锡联用洪亮的声音喊出了一个字"打"。一时间，参加会议的各位欢呼雀跃，仿佛已经打了一场大胜仗。

一旦指导思想明确了，那么接下来的问题似乎就变得简单了，无非侦察敌情、制定作战任务、执行罢了。然而，多年的战斗经历使得22岁的陈锡联有着与年龄不相符的沉稳，在开展

平型关战役前的日本军队

侦察的同时，他决定先去拜访一个人。

和其他队伍一样，第769团在改编初期也曾经历了思想上的挣扎，庆幸的是，队伍虽然缩编了，但组织架构并没有发生变化，陈锡联的几个营长和副营长，像赵崇德、孔庆德，都是和他一起走过漫漫长征路的老搭档，作战经验丰富不说，关键是彼此知根知底，十分默契。师长刘伯承对这支队伍寄予很大的期望，但陈锡联心里很清楚，他们要面对的不是军纪涣散、武器装备也好不到哪儿去的国民党部队，而是号称要三个月亡中国的日寇。师长那句“应加倍谨慎”的教导时刻在脑海里闪现，陈锡联要把准备工作做得充分一些。

根据战士打探来的情报，在阳明堡附近有个晋绥军的军官最近回乡了，据说是打了败仗。这个看似毫无价值的消息在陈锡联看来却有很重要的参考意义，于是他决定亲自去拜访一下。对于这个决定，不少人都表示不理解。“一个国民党的败将，有什么好拜访的，还不如多花点时间琢磨怎样跟日本人干仗呢！”有些战士低声嘀咕。陈锡联只当没听见，带上几名战士就开始在苏龙口附近寻找那个军官。

当时的忻口周边，因为是战场，所以有很多村子的村民都出去躲避了，所以要找个人还真是不容易。找了好一阵子，才在一个山脚下的小村庄找到了这个军官。要说这个人，来头可不小，曾经在晋绥军担任过团长，听说最近还和日本鬼子交过手。陈锡联的此次登门拜访，主要就是想打探一下这位军官对于机场知道多少，顺便还可以多了解一点关于日本鬼子的情报。

显然，这位军官是当地的大户，住着很气派的一所宅子，仆人一大堆，日子过得很是滋润。一听说来了个八路，这位军官多少有些诧异，不知道陈锡联葫芦里卖的什么药。但是，这位军官倒是很懂得待客之道，不但亲自去门口迎接陈锡联，一路上还嘘寒问暖的，显得特别亲切。把陈锡联让进客厅后，军官很善意地问陈锡联此次登门造访所为何事。陈锡联也不和他兜圈子，直接就把此行的目的说了一遍。

"日军的机场，这个我还真不太清楚，我只知道阳明堡以前有个军用机场，是阎长官主持修建的，至于现在这个机场到底作何用处，不才还真是不知道，现在想必您也打听过了，鄙人从小就在外地念书，参军也有一段时间了，对于乡里的事情，知道的还真不是很多。"自打一进门，陈锡联就仔细观察了这个人，觉得他不像是会扯谎的人，八成是真不知道机场的情况，也就没有接着问下去。顺着机场的话题，军官接着问陈锡联，打听机场的事情干什么。真人不说假话，陈锡联也没有对这位军官隐瞒什么，直接把想打阳明堡机场的想法和盘托出。一听陈锡联说要去攻打日本人的机场，这位军官当时吓得不轻，神情慌张地问："要是我没有记错的话，阁下所在的队伍以前是红军？"陈锡联点点头："没错，我们八路军就是从当年的工农红军改编而成的。"

那军官接着说：“恕我直言，不才当年和红军也交过手，贵军的武器装备我是清楚的，你说你们要去和日本人对着干，好像有些欠考虑啊！”说到这里，军官心有余悸地回忆道：“你们是不知道啊，兄弟我这是刚从前线下来，刚和日本人交过手啊！那真是太可怕了，他们天上有飞机，地下有大炮，他们的炸弹、炮弹就像是长了眼睛一样，指哪打哪，我们根本不是对手。别说这，就是我们阵地上的电台，只要一架上，就会被他们炸掉。太可怕了，太可怕了！”一说到日本鬼子，这名刚才还彬彬有礼的军官变得失魂落魄，这个样子让陈锡联很不高兴。“你们和敌人交手了吗？战况如何？”陈锡联强忍住失望，问道。“交手，怎么可能，我们连日本人的影子都没看到呢，光那些飞机大炮就能把我们吓傻，我劝你也别去送死了，何必呢！咱们根本不是人家的对手。”看着这个丧失了军人底线的“军人”，陈锡联知道这趟是白来了。多说无益，陈锡联草草地应付了几句，便起身告辞。

一见陈锡联要走，那军官倒是很有礼貌，他亲自送出门口。临别时，他还“满怀好意”地对陈锡联说：“陈团长，不是我瞧不起各位，以你们手里那些家伙事，要和日军真动起手来，还不够他们吃一壶的呢。你听老哥我一句劝，别折腾了，抗什么战啊？抗来抗去只不过抗掉我们的小锅饭而已。什么民族大义，什么慷慨赴难啊，都是骗人的。你啊，还是明哲保

日本作战飞机

身，自求多福吧。”说到现在，就有点话不投机半句多了。陈锡联强忍着怒火，礼节性地朝那位军官挥了挥手，快步离开了这个村庄。

所谓乘兴而来，败兴而归，这次拜访没有得到一丝有用的情报，还动摇了军心，长他人志气灭自己威风，想到这就来气。一路上，陈锡联一句话都没说，心里琢磨着，这趟出来要说一点收获也没有倒也不是，至少有一点，通过这次拜访，陈锡联坚定了两个信念：一是抗战光靠这些勇于内耗，怯于公战的国民党军队是不行的，八路军必须勇敢挑起民族兴亡的重任；二是日军的猖狂很大程度上是靠武器装备的先进，这就好像猛虎的利齿，要挫败日军的嚣张气焰，摧毁其先进武器尤其是占绝对优势的空军显得尤为重要。这些都坚定了陈锡联打机场的决心。

决心在针锋相对的战场上显得尤为重要，所谓狭路相逢勇者胜，关键时刻要是没有拔剑的决心和勇气，就注定要一败涂地。若干年后，当人们从战争史的角度，以经典战例的尺度来重新审视阳明堡战役的时候，很多细节被重新提起，而这些由细节构成的历史无不向人们展示作为一名优秀的指挥员，陈锡联在这场战役中娴熟地展示了他的战术素养。当战前的每一个细节都合乎用兵之道的时候，胜利的天平开始向769团倾斜。

当战士们还沉浸在对晋绥军军官的失望和指责中时，陈锡联开始谋划和布置系统的敌情侦察工作，和往常一样，他决定亲自上阵。在挑选助手时，陈锡联毫不犹豫地说出了一个名字——赵崇德。

“忠肝赤胆，与日月争光。”在回忆录中，“横刀立马”的彭德怀元帅对一位老部下给出了这样的评价，他就是赵崇德。对于今天的人们来说，关于赵崇德的事迹往往只在阳明堡一役，因为在他的军旅生涯中，阳明堡之战是他最后、最经典也最辉煌的一战。其实，在此之前，赵崇德几经战火洗礼，参加过“反围剿”，爬过雪山，走过草地，迅速从一名普通的士兵成长为连长、营长。对于赵崇德这个老部下，陈锡联相当了解，他带兵机智果敢，身先士卒，尤其擅长夜间作战和近战。由于战功显赫，他率领的营曾被授予“以一胜百”锦旗。这个左膀右臂，每次遇到重大事情，陈锡联都要把他带在身边，每次战斗最难啃的骨头赵崇德也都会自告奋勇。

很快，一支侦察小分队组建完毕，陈锡联带着赵崇德和另外两个营长化装成当地百姓出发。当时正是深秋时节，滹沱河河水冰凉刺骨，为了摸清楚渡河的位置，陈锡联亲自下到水里，测量水深。急得站在岸上的几位营长直跺脚，他们深知，这是团长一贯的作风，事必躬亲，身先士卒。上得岸来，陈锡联冻得瑟瑟发抖，简单收拾一下，他们继续前行，侦察机场情况。

伏在一个小土岗上，陈锡联终于见到了闻名已久的机场的大概模样。机场位于阳明堡镇南侧5公里的小茹解、下班政、小寨、泊水等四个村子之间，透过望远镜，陈锡联依稀能看见停机坪上不断有飞机起飞降落。这时，一个身影走进了陈锡联的视野。那是一个衣衫褴褛的中国农民，从机场的方向走来，匆匆忙忙的，像是在逃避什么人似的。陈锡联朝赵崇德使了个颜色，赵崇德随即带领两个人向那人摸了过去。很快，那人就被带到了陈锡联面前。“老总饶命，老总饶命。”那人说着，朝陈锡联就磕头，呜咽着。陈锡联把那人搀扶起来，拍拍他身上的灰土，亲切地说：“老伯，我们可不是官老爷，我们是八路军，就是以前的红军，我们是来打鬼子的，你知道对面机场里鬼子的情况吗？”这位老乡一听红军的名字，登时不哭了，仔细打量了陈锡联几个人，将信将疑地点了点头，说：“你们这是红军吗？俺可听说了，红军是咱穷苦老百姓的队伍，您可不准骗俺。”赵崇德嘿嘿地憨笑了两声，对老乡说：“放心吧老伯，咱们是货真价实的红军，不过现在改名叫八路军了，还是咱穷苦老百姓的队伍，咱外表是青的，心啊是红彤彤的嘞。”一席话，把老乡也逗乐了。

陈锡联很严肃地询问老乡：“老伯，我看你刚才从机场那边过来，你是从机场出来的吗？知不知道机场那边的情况，能和我们讲讲吗？”一连串的问题问得老乡不知道该怎么回答，呆立了一会，说：“不瞒各位，俺是刚从机场偷跑出来的，之前就在机场里帮日本人修跑道呢。这都是被逼的，俺们村好多壮丁都被抓来修跑道呢！”一看问对人了，陈锡联迫不及待地向老乡询问了机场那边的具体情况。据老乡介绍，这里曾是晋绥军修建的一个小型机场，被日军占领后，进行了扩建，被用作支援忻口战役的空军基地。果然是一个空军基地，这下算是找对地方了，要是能端掉这个机场，那对正面战场将会有很大的帮助啊！想到这，陈锡联又仔细询问了机场附近日军的兵力布置情况。

这名衣衫褴褛的老乡对机场的情况了如指掌，据他介绍，守卫机场的是日军香月师团的一个联队，大部分驻扎在阳明堡。在机场负责警卫只有一小股日军，还有部分地勤人员，大约有200人。这样啊！陈锡联心里琢磨着，掏出一块钱递给老乡，说："谢谢你啊老伯，你的消息很重要啊，这点钱就当是你的路费吧，也没多少，您拿着。"老乡说什么也不肯要钱，说着这是他应该做的，为自己的队伍出力，是他的光荣。看着这么可爱的群众，陈锡联心里说不出的感动，这让他觉得自己和战友们更应该打好这一仗。

送走老乡，陈锡联和赵崇德等几人又向前走，详细考察机场的情况。透过望远镜，陈锡联能清晰地看到一群灰白色的战机整齐地排列在空地上，在阳光的映照下，机翼发出耀眼的光芒，似乎在耀武扬威。不时有飞机执行完空袭任务返回装弹，又有全副武装的战机升空而去。"1、2、3……"陈锡联心里默默数着，一共是24架飞机，成3列停放。看着这些整齐排列的大家伙，陈锡联心里很不是滋味。这些东西要

“九一八事变”后日军占领吉林

是自己的得多好啊，那就再也不用钻来钻去躲轰炸了。这些东西要是有人知道怎么开那该多好啊，这样就不必去烧它们了，直接缴获，开走。

正当他思绪万千的时候，赵崇德用手捅了捅他，轻声问道："团长，咱们撤吧，别忘了，这还是敌人的眼皮子底下呢！咱撤吧。""不急，不急，既然来了，咱就得把情报工作做准确一点，我记得刘师长在火车上跟我说，'一定要做好战前的侦察和准备工作，不打糊里糊涂的懵懂仗'。"现在摆在陈锡联面前的问题是，要打机场，769团并不占优势。如果真照老乡说的那样，驻扎在阳明堡守卫机场的是一个联队的话，按照当时日本军队编制，一个步兵联队一般在3000人左右，那么以当时769团不足3000的人数，还有落后的武器装备，要想端掉机场，还必须借助其他的有利因素，还得多动动脑筋，制定好战术。

一次成功的战役总是建立在细节的完善上的，陈锡联并没有满足于老乡所提供的情报，他对机场附近日军的兵力布置情况进行了更为细致的了解和合理的预判。机场离阳明堡很近，一旦机场发生意外，日军守军很快将作出反应，以769团现在的装备要和香月师团的一个联队硬碰硬的话，吃亏的肯定是自己，这样明显不划算。陈锡联算起了经济账，如果不想硬碰硬的话，那就只能出奇招了。通过反复侦察，陈锡联发现，机场的防御工事非常粗糙，仅有一些简单的掩体和掩蔽部。还有一点陈锡联格外留意，那就是日军对进入机场的公路要塞戒备森严，但四周却疏于防范，白天基本上处于真空状态，一到晚上也只是靠着几盏探照灯。“突破口找到了！”陈锡联看了看身边的赵崇德，微笑着轻声说。赵崇德丈二和尚摸不着头脑，问道：“怎么打？你下命令吧，看着我笑啥！”陈锡联笑容不改，轻声说：“回去再说。”说完，带着一肚子狐疑的赵崇德返回驻地。

听说团长侦察回来了，战士们纷纷围拢过来，询问情况。陈锡联通知营以上干部开会，在会上，他宣布了一个日后八路军敌后战争惯用且好用的作战计划——夜袭。

由于擅长夜间作战，赵崇德被大家亲切称为“夜老虎”，而一想到夜战，陈锡联首先就想起了赵崇德。一路上闷闷不乐的赵崇德一听到“夜袭”这两个字，情绪一下高涨起来。“我来打，”赵崇德激动地站了起来，“大家都别和我争啊，打夜战那是我的强项，谁和我争我和谁急啊！”一席话惹得全体指战员哄堂大笑。“团长都还没讲作战思路呢？你猴急个啥。”有人调侃道。赵崇德看了看一言不发的陈锡联，讪讪地坐了下来。陈锡联首先把侦察的情况和大家做了个报告，然后讲出了自己的作战思路。

“总的来说，我们要给敌人来个出其不意。”陈锡联说，“现在日军正在忙着忻口战役，双方打得难分难解，我们与其去那里搅和，还不如在敌人背后插一刀。现在机场内敌人兵力不多，防御松懈，工事简陋，这是我们奇袭的最好时机。不利的因素在于，阳明堡驻扎的香月师团的一个联队，人数不少，一旦机场这边久攻不下，等到这部分日军赶来增援，我们就会腹背受敌，很难全身而退。因此，此次作战总的思路就是速战速决，利用天黑的有利条件，潜入机场，出其不意，给敌人以突然袭击。”巴顿将军曾有一句名言：“成功的将军常常是让自己的计划适应环境，而不是让环境适应自己的计划。”战国时期的孟子也有“天时地利人和”的名言。在我们的队伍里，从来就不缺乏善于利用环境的能手，这在当时的条件下是我们足以与凶残之敌周旋到底的法宝之一。惟其如此，我们的队伍才能制造一个又一个彪炳战争史的传奇。

以陆军对空军，这在战争史上不可能出现的一幕即将在中国山西的一个小镇发生，然而在夜袭开始前，陈锡联和他的战友们不得不考虑一个很头疼的问题。袭击机场，可以，但是拿什么打飞机呢？飞机虽说大家都见过，那是在天上，地上的飞机长什么样，到底有多大，什么结构，大家一无所知。而且，没有大炮，要毁掉那么大的家伙应该怎么办，战士们七嘴八舌。武器上的落后在这个时候显得尤为突出，红军的“小钢炮”现在手上虽说有个迫击炮连，但总共也没几门小钢炮，要用它去炸飞机，在夜袭中根本派不上用场。有的说用火烧，飞机不就是会飞的“鸡”吗，我们用火烧死它；“不对不对，你懂个啥，飞机是铁家伙，不怕火，得用枪来对付。”有人立即

日军进攻南京中山门

对火攻的想法予以否定，说可以用刺刀戳、用枪托砸。“你这想法也不对，飞机的铁得有多厚啊！又不是小铁片，用刺刀根本戳不穿。”这个想法也被大家给否认了。后来，有一个机关枪手说用机关枪，这家伙威力大，一梭子下去，保准把它打成筛子。这个想法随即也被大家给否了。

“用手榴弹炸。”最后有战士说，手榴弹威力比枪子大。但是，八路军当时用的手榴弹很多时候都装黑火药，弹壳质量低下，无法预制破片，导致很多时候只能一炸两半，无法产生破片，所以威力不是很大。但是，要在这么短的时间里找到更好的武器，确实有点不切实际，手榴弹看来是最好的选择了。为了更好地发挥效果，陈锡联建议大家把几个手榴弹捆在一起，做成几个威力较大的炸弹，保证能把飞机炸毁。就在战士们都分头准备的时候，陈锡联把作战部署和几个营长详细说了一下。

赵崇德的3营拔得头筹，他们作为突击队，负责袭击机场，摧毁敌机。孔庆德率1营负责破坏崞县至阳明堡的公路和桥梁，袭扰、牵制、阻击崞县方向可能增援的敌军；谭德仁的2营因为缺了一个连，所以作为预备队，与团指挥所位于苏龙口北侧地区，并以8连位于王董堡，破坏阳明堡西南的交通，保障3营侧后方安全，以团迫击炮连在滹沱河东岸占领阵地，支援3营。夜袭的时间，定在19日晚上。

听罢作战部署，赵崇德长出一口气，终于拿到了主攻任务，这下回去可以和同志们有个交代了。“这是你赵老虎争来的光荣使命，你可要打好这一仗啊。”陈锡联笑着对赵崇德说。的确，从确定要打机场的那一刻起，赵崇德就不断地表示要担任主攻的任务。陈锡联和几个团领导也进行了详细的分析，说实在的，769团没有一个孬种，三个营拉出去，个顶个都是响当当的角色，战斗作风非常过硬，派谁上去都可以放心。但是，这毕竟是769团，乃至整个129师的抗日第一仗，刘伯承师长的话言犹在耳，责任重大，必须是万无一失。况且，赵崇德又是以夜战见长，派他上去，可谓再合适不过了。

时年23岁的赵崇德已经是个革命老兵了，身经百战的他回到营部时仍难掩兴奋之情，他预感到此役与之前的所有战斗都不一样。这次的敌人是从未交过手的日本鬼子，是一群在晋绥军团长眼中妖魔一样的人物；这次的任务不是以歼敌为目的，而是要炸掉飞机，而这也是前所未有的事情。然而，赵崇德却并没有一丝的害怕，在他23年的人生经历中，太多的第一次他都能从容应对。1914年，赵崇德出生在河南商城县一个贫苦的农民家庭，与陈锡联一样，他的童年也遭遇了一次巨大家庭变故。父母相继去世后，赵崇德不得不辍学，当起了放牛娃。1929年商城起义爆发后，赵崇德加入少先队并担任小队长。次年，小队长赵崇德带领少先队员帮助红军家属插秧的时候，突然遭到一个班的民团武装包围，最终赵崇德机智地带领众人安全脱困，这个故事在当地传为佳话。参加红军后，赵崇德随军转战大别山区，因作战勇敢屡立战功。或许这次战斗和以往都不一样，但赵崇德还是按捺住兴奋之心，向全营官兵传达了团部的命令，一听说主攻的任务交给了自己营，3营全体官兵顿时沸腾了，大家兴奋得像是得到了什么奖励，出操时遇到其他营的战士，也有点趾高气扬起来。

中国工农红军，一个革命的大熔炉，从这里走出一批批年轻有为的指挥官。这也许是大部分红军指挥官的特征，他们童年生活艰难，文化程度不高，但天分极高，他们很小就参加了革命，在南征北战中迅速成长，年纪轻轻就成为指挥官。多年的指挥生涯，使得他们大都有着和年纪不相符的沉着和冷静，从陈锡联到赵崇德，无不如此。兴奋之余的赵崇德，并没有躺在功劳簿上吃老本，对于即将到来的夜袭，他要做好准备工作。于是，他连夜召集连排干部，研究具体的作战计划。现在任务拿下来了，所谓万事开头难，这开头的一仗应该怎么打，需要大家群策群力。有人说，咱们3营一股绳，先突击机场守军，把他们干掉之后再去炸飞机，这样的话比较稳妥。有人说，这样肯定不行，咱们这次战斗的目的不是守军，是飞机，咱应该把攻击的重点放在飞机上，所以应该分兵，一部分人去炸飞机，一部分人则负责与守军周旋，这样才能完成任务。两个观点各有拥护者，大家七嘴八舌的，讨论得热火朝天。这时候，屋子的门被推开了，一个熟悉的身影出现在门口，陈锡联带着团部几个同志来了。团长的到来多少让赵崇德有些意外，他固然知道这一仗的重要性，但他还是没料到一向对自己放心的团长这次会下到营部研究作战计划。在招呼陈锡联和团部几位领导落座后，赵崇德请陈锡联主持作战方案的讨论。所谓“凡事预则立不预则废”，这次的作战方案计划周详，事无巨细均有涉及。大到连的任务，小到行军的装备，都在讨论之列。陈锡联仔细听了大家的作战建议，边听边思索，最后对大家说：“我同意分兵，重点是炸飞机，但也要兼顾其他方面。请大家放心，咱们团其他营也会支持你们的，你们放胆去做，一定要完成好这次任务。”

经过周密计划，具体战法初具规模。研究决定，突击任务交给10连和11连，分别从机场西南和东面突击，10连负责歼灭驻守在机场的敌警卫部队，11连则负责炸毁敌机。9连和12连担任警戒，其中9连在机场北面警戒，以应对阳明堡之敌，12连作为预备队，在小寨村西北集结待命。作为惯于夜战的“夜老虎”，赵崇德再次强调了轻装前进的要求，除了作战要用的枪械、鹤嘴镐、铁锹、刺刀等物，其他东西一律不带。就算是鹤嘴镐、铁锹、也要紧紧绑在身上，不准发出一丝声响。由于没有很好的照明设备，赵崇德提出将一挺机枪架在渡河点的东岸，战斗打响之后，作断断续续的点射，用枪口发出的亮光，指示后撤部队寻找渡河点。

作战计划一经敲定，陈锡联立刻返回团部，指导其他各营做好阻击和警戒准备。送走陈锡联后，赵崇德命令各连回去做好战斗准备，随后便是等待黑夜这位老朋友的到来。19日晚，夜幕降临，一个属于769团，属于3营，属于赵崇德的夜晚开始了。

若干年后，不断有人来到阳明堡，想要找寻那场战斗内外的故事。随着岁月的流逝，当地能记住那场夜袭的老人已经所剩无几。大浪淘沙，许多东西都随日月流转一去不返，而只有记忆，并不曾随风而逝，反而随着年轮的增长而更加清晰。当地老人还能清晰地记得那晚震天的枪炮声，也从没有忘记驻扎在村子里的八路军亲切的身影，还有那些自发组织的村民担架队。“火光冲天啊，枪炮声把人的耳朵都要震聋！”曾经参加过担架队的村民在回忆起那次夜袭的时候，慷慨激昂之情溢于言表。孟子所谓的“人和”，在当时的环境来说，大概就是所谓的群众基础。在那个年代里，光荣同样属于这些平凡的村民，在全民抗战的年代，他们可以是通信员，也可以是情报员；他们有时是担架工，有时又变成了运输队；他们不分男女老少，他们不问东西南北。今天的我们，在回顾抗战历史的时候，总喜欢把目光单纯地放在英雄人物的英雄事迹上，总是围绕着战场上拼杀的将士，这并没有错。可是如果，我们换种思维，从一个平凡人的角度，从一个普通村民的身份出发，去重新审视那些战争，我们会看到无数平凡而伟大的身影。他们不是职业军人，却肩负着同样的伟大使命；他们不用动员，总能组织成一支庞大的队伍。在一支光荣之师的身后，都站着无数这样的队伍。他们也是最可爱的人，是战场上不可忽视的力量。

1937年10月19日，夜色笼罩下的滹沱河如巨龙般盘桓于三晋大地，赵崇德带领3营官兵在一位老乡的带领下，来到滹沱河畔。10月的夜晚，河水冰冷刺骨，老乡第一个跳进水里，趟过滹沱河。随后，赵崇德带领11连向机场进发。夜战，讲究的是“人衔枚、马裹蹄”，不能发出一丝声响。黑夜里，赵崇德的队伍急速前进，路上只能听到“沙沙”的脚步声，没有人说话，甚至没有人咳嗽。这是一支沉默的部队，默默地行军，默默地向着目标前进。有人说，沉默的军队是最可怕的军队，因为他们对于目标很明确，且万众一心。赵崇德的连队，就是这么一支沉默的军队。就这样，悄无声息地，负责歼灭驻守在机场的敌警卫部队10连摸到了铁丝网边上。果然不出所料，日本人对于机场外围的防御并不森严，就连这些钢丝网都还是阎锡山那时候做的，这些年下来，钢丝网都已经锈迹斑斑了，几个打先锋的战士掏出鹤嘴镐，很轻松就破坏掉铁丝网。随后，全连官兵鱼贯而入，在避过探照灯后，全部运动到距离飞机只有30米的地方。

在巨大的战机面前，人类显得那么渺小。战机一排排的，静立在夜色中，仿佛熟睡着的巨大甲虫。就在10连继续向日本鬼子警卫部队接近时，敌人的岗哨发现了他们，很快双方便交上火了。枪声传来，随后赶到的赵崇德和11连迅速向飞机扑去，三五一群，“伺候”这些大家伙。虽然战前进行了详细的说明，到了实战中，还是有很多战士不知道怎么炸飞机，这家伙实在是太大了。有的战士直接拿枪托砸机翼，喊着：“叫你飞，叫你飞，没翅膀你就飞不起来了吧。”有的战士把事先捆好的手榴弹直接扔在飞机下面，虽然炸得响声很大，但是只打破了飞机的一点皮，根本无济于事。“同志们，抓紧时间，给飞机喂手榴弹。”赵崇德高声指挥着，拿起一捆手榴弹，就向身边的一架飞机奔去。他纵身一跃，爬上机翼，走到机舱附近，打开防护罩，将拉开引信的手榴弹扔进机舱，然后一跃而下，飞奔而走。“轰”的一声，机舱被炸得起了火，这架飞机算是报销了。看着营长起了个头，战士们也都依样画葫芦，把手榴弹都喂进机舱，紧接着，第二架，第三架……飞机相继起火，汽油淌了一地，火势开始蔓延。此时，秋风凛冽，也助长了火势，整个机场顿时陷入火海之中。

这头烧得正欢的时候，那边的10连也激战正酣。遭遇突袭的日本鬼子在度过了初期的慌乱之后，在火光的照映下，很快掌握了八路军的作战意图和作战人数，并迅速组织起了反击。他们依托工事，纠集兵员，在强大火力的支持下，向10连阵地反扑。夜袭，随着时间的推移，逐渐向着阵地战转变。双方混战在一起，展开肉搏战。一时间，飞机的爆炸声，震天的喊杀声，刺刀的撞击声，混杂在一起。有的战士徒手和敌人扭打在一起，在地上翻滚着；有战士用手榴弹代替拳头向敌人的脑袋砸去；一个身材短小的战士被大个头的敌人压在地上扼住了脖子，另一个战士在敌人的屁股上戳了一刺刀，才替他解了围；一个小战士被一个壮实的敌人压住了，他拼命咬住敌人的手指头，鬼子疼得猛一抽手，把他的门牙都带了出来。一看10连这边战况吃紧，赵崇德抄起一挺机关枪，带着几名战士赶来增援，连续打退了敌人7次进攻，毙敌100余人。此时，阳明堡方向传来敌人装甲车的发动机声，炮弹也从那个方向打过来，看来是敌人的援兵出动了。

此时，战斗已经进行到半个多钟头左右，机场火光冲天，杀声震地。滹沱河东岸，陈锡联站在一个小山头上，注视着阳明堡西南的方向。陈锡联判断敌人援兵就要赶到，命令点起三堆火，告诉全团可以撤退。看到撤退信号后，赵崇德命令部队迅速撤退，自己带一个连在后面掩护。在照明弹和火光的照映下，守卫机场的日本鬼子开始反击，企图以密集的火力阻止赵崇德撤退。在部队快要撤完的时候，赵崇德让负责后卫的连队随之撤退，他留下来打掩护。连长怎么说也不同意，坚持要赵崇德先走，赵崇德想都没想，说“走，这是命令。”没办法，后卫连也随之安全地撤下了来。眼看战争就要结束了，赵崇德带着剩下的几名战士准备撤退，突然一阵机枪响，赵崇德应声倒地，通讯员一看赵崇德中弹了，背起他就走，又一阵枪响，通信员也应声倒地……

“诚既勇兮又以武，终刚强兮不可凌。身既死兮神以灵，子魂魄兮为鬼雄。”这是伟大诗人屈原《国殇》中的名句，自战国时起，中华民族就从不缺乏坚贞不屈的英雄气概和爱国精神。这种爱国精神，在历史的长河中，我们能数出一连串声名赫赫的人物，历代史官对于名人的追捧使得原本更属于平民的这种精神成为渲染重要人物的注脚。作为忻口战役中八路军方面殉国的最高级别指战员，赵崇德的事迹寥若晨星，除了阳明堡的夜袭，我们对他知之甚少。然而英雄不会寂寞，就算是历史不能给他以足够的篇幅，他仍和千万同胞一起，成为时代最强音中一个美丽的音符。人民不会忘记他，阳明堡夜袭战胜利后，赵崇德的英雄事迹被当地居民编成了一首打油诗，得以传颂：万里长城万里长，雁门关下古战场，阳明堡里烧怒火，倭寇飞机一扫光！769团英雄多，誓死捍卫我中国，出征抗日第一仗，功在千秋赵崇德！那些他最敬爱的战友也不曾忘了他。每次谈起那场夜袭，晚年的孔庆德将军都会惋惜地说：“可惜，我们牺牲了那么优秀的一个指战员。”孔庆德仍然记得赵崇德个头不高，但很结实，古铜色的皮肤油光发亮，打起仗来就不要命。他经常挂在嘴边的一句话是：“说我无能可以，别说我怕死。”不怕死的精神，是支撑着赵崇德从一个默默无闻的放牛娃成长为共和国功臣的最重要的人格品质。在国之将亡的危急时刻，也只有这种不怕死的精神，才能为深陷泥潭的中国带来一线希望。

率队退出战场后，陈锡联丝毫没有胜利的喜悦，虽说这次战役我方伤亡不大，可以说是以最小的代价赢得了最大的胜利，但是赵崇德的牺牲，让陈锡联和全团上下都悲痛不已。更让他们感到难过的是，由于敌人反扑过于迅速，769团为避免更大伤亡，迅速组织了撤退，赵崇德等30余位烈士的遗体没有及时运出。“埋骨何须桑梓地，人生无处不青山。”英雄的鲜血融进他们挚爱的这片土地，他们不畏强暴、血战到底的英雄气概，也得以在这片土地生根发芽，开出美丽的花朵。

四、捷报

中国会亡吗？答复：不会亡，最后胜利是中国的。中国能够速胜吗？答复：不能速胜，抗日战争是持久战。

——《论持久战》

阳明堡的战斗，不到一小时便告结束，而战役的影响，却在战后持续发酵，终于永垂青史。“他的飞机，我们也把它烧掉了。从前是时时刻刻要在天空上兜几个圈子，我们把它烧了以后，从此也不来了。”1938年8月，朱德总司令在延安抗大做题为《一年余以来的华北抗战》的演讲时，特别提到了阳明堡战役，脸上充满自豪与喜悦。台下抗大的学生听了，也再一次感受到那份光荣与自豪。

战斗结束后，769团以团长陈锡联和副团长汪乃贵的名义，向八路军总部发去作战报告，简要介绍了作战经过及战果，总结了战斗的经验。在经验里有这么一项，说：肉搏时，我只以手榴弹杀敌，我战士用脚踢敌，缺少大刀、刺刀。这条可以算作是教训的经验再次表明了当时八路军武器装备的落后，而这一劣势使得我们在赢取哪怕一个很小的胜利的时候，都不得不付出更大的代价。刘伯承听完陈锡联的详细汇报后，对这次战斗作出了这样的总结。他指出其优点在于：侦查清楚，部署周密，行动秘密而迅速，动作突然而坚决。特别是3营的同志以坚决、勇敢的角斗，不惜牺牲，故能在1小时内完全摧毁敌机。同时，刘伯承也公正地指出了此次夜袭的缺点，主要包括，兵力布置上还不够完善，次要方向上分配兵力过多，只有一个营用于突击方向，其余部队没有用上，殊为可惜；预定夜间联络记号未严格使用，在与敌混战时难以识别。野战动作的准备还差些，发生了一些可以事先预防的疏忽之处；如战士没有带刺杀武器（当时有的枪上没有刺刀，但事先也没有准备矛子枪等）。武器装备的落后是当时八路军指战员普遍感到头疼的问题，这个问题早在红军时期就表现得相当明显，但是群众的智慧是无穷的，在战场上红军总能找到许多替代性的武器，各种以“土”闻名的山寨武器纷纷搬上战场，虽然性能上差了一点，但也能给敌人以有力的打击。刘伯承提到的矛子枪虽然早就被新式武器代替，但在缺少大刀和刺刀的红军时期确是各部队常备武器之一。至于像“土炸弹”“土枪”“土炮”之类的武器，都是在实战中，根据现有的条件，战士们自创的杀敌利器。对于刘伯承师长这样专业、客观的点评，陈锡联表示虚心接受，也暗下决心，在以后的战斗中一定要汲取教训，不要犯同样的错误。

战斗结束后，陈锡联早在红四方面军时期的老领导、时任129师副师长徐向前专程从五台山赶到代县，由陈锡联、汪乃贵陪同，登上机场附近的一座小山，用望远镜观察现场。硝烟已经散尽，但战斗的痕迹宛然尚在。停机坪上，如今已是空旷一片，哨所都已经被破坏，军营也被大火烧得所剩无几。徐向前回过头，对陈锡联和汪乃贵说："我要向党中央、毛主席和蒋委员长报告，给你们请功呢！你们炸毁那么多飞机，成绩是了不起的。"

阳明堡的一把火，最有切身感受的也许就是忻口战场上的国民党官兵了。这些天忻口混战，国民党军队虽然在人数上占有绝对优势，但始终和敌人僵持不下，就是因为敌人在武器方面所占的优势实在是太大了。那精准的大炮暂且不说，光是每天在头上转来转去"拉屎"的飞机，就让国民党官兵苦不堪言，实在没辙了，只能是挖深战壕，被动躲避。每次被轰炸过后。战场上除了牺牲的兄弟，幸存下来的也都灰头土脸，狼狈不堪。自打10月20日起，躲空袭都快成习惯的国民党官兵一觉醒来，突然日本鬼子的飞机再也不来轰炸了。不仅如此，没了空中力量的支持，敌人的冲锋也没那么嚣张了。正当大家都不知道怎么回事，都在议论纷纷的时候，八路军129师769团在阳明堡袭击了日军机场，焚烧了日军战机的捷报已经传来。

对于这样一份捷报，正面战场的反应经历了一个从怀疑到由衷钦佩与感激的心路历程。刚接到捷报，国民党军队一些将领的第一反应是“表示怀疑”，“就凭八路军那些破烂家伙，还能打日本飞机？肯定是假消息。”有军官高声质疑，顿时赢得了大多数军官的响应。确实，战场上的官兵很多和当年的红军交过手，彼此都知根知底，八路军那边都有些什么家伙事那是一清二楚。就算是国军这么好的装备，要干掉日本的飞机都比登天还难，八路军那土枪土炮更不要提了。为了证实捷报的真假，国民党方面发动特务力量，多方求证，甚至派飞机去阳明堡机场侦察。当看到阳明堡机场一片狼藉，飞机残骸四处可见的时候，铁一般的事实摆在国民军面前，八路军确实打了一场漂亮的破袭战，炸毁了日本鬼子的飞机。在事实面前，骄傲的国民党军官低下了头，虽然有些不服气，但打心眼里还是对769团的这次胜利表示钦佩。“看看人家八路军，那么差的装备，一出手就干掉一个飞机场，还打死100多鬼子，真是了不起啊！”有些军官私底下纷纷议论。其实，就一场战争而言，正面战场上和日寇厮杀的军人们也值得大家钦佩，他们在武器装备不如日本鬼子的情况下，寸土不让，誓死捍卫每一寸土地的牺牲精神，也同样伟大。而对于从此不再受那轰炸苦的广大士兵来说，钦佩之心更转化为感激之情，他们纷纷表示，八路军帮了咱们这么大一个忙，总得好好谢谢人家吧。于是，才有了第二战区副司令卫立煌发给周恩来的那封感谢信。

其实，若干年后，阳明堡战役之常常被人们提起，除了其战略与战术价值，还在于这是八路军方面唯一一次获得蒋介石现金奖励的战役。在前线国民党部队确认了阳明堡战役的真实性之后，蒋介石向八路军129师769团颁布了嘉奖令，还以军事委员会的名义奖励769团大洋两万元。八路军总部将夜袭阳明堡捷报予以公布后，在全国引起了强烈反响，上海、延安、太原等地的群众团体纷纷募集款项慰劳前方将士。为此，八路军总部由总司令朱德，副总司令彭德怀，政治部主任任弼时、副主任邓小平署名，于1937年11月2日发出《袭击阳明堡所得奖金分配》的电报，指出：我军参加抗战以来，由于全军指战员之英勇取得的大小胜利，在支持华北战局上起了重大的作用，南京军事委员会对我军袭击阳明堡机场奖励两万元，陕北、太原、上海群众团体亦募集2.75万元。决定：上项奖金分配办法如下：1.全军指战员各发奖慰金1元；2.参加阳明堡战斗指战员各发2元；3.袭击阳明堡受伤干部发养伤金10元，受伤战士发养伤金6元。各部即按此规定照发，并借此鼓励战士更加提高我军作战勇气。

对于英雄的肯定，嘉奖固然是最为直接的方式，但更温暖人心的莫过于信任和支持。即便是有大量的事实作为依据，尽管国民政府已经颁发了嘉奖令和奖金，但是，一直以来持丑化态度的国民党报纸，还没有完全跟上时代的步伐，即便是铁一般的事实，尽管这次胜利对振奋人心有很大的帮助，他们也只是用了一块很不起眼的地方，惜字如金、轻描淡写地对阳明堡战役进行了报道。“南京二十日电：我军在晋北突袭阳明堡敌空军侵略临时根据地，并炸毁敌机二十四架之消息，此间关系方面亦接得报告，业经证实云。”寥寥数语，尽显傲慢与冷漠。当然，这些小插曲并不足以撼动在战场上结下的生死情义。八路军在山西战场上的英勇表现赢得了一部分国民党高级军官的认同和赞许，在日后国共两党摩擦不断的八年抗战中，正是这种情感使得山西战场上携手作战的国共两军能不断增进信任，这种信任在后来的战斗中发挥了重要的作用。

阳明堡战罢，陈锡联和他的769团继续执行相机而动的作战宗旨，配合忻口守军。忻口战场，此时激战正酣。久攻不下的日军昔日嚣张的气焰荡然无存，急于求胜的日军分别于10月22日、10月27日和10月29日增调了3个联队的兵力赶赴忻口参战。在忻口，交战双方都付出了巨大的伤亡代价，武器装备落后的中国守军自不必说，即使是装备精良，动辄以飞机大炮开路的日军也付出了伤亡2万余人的巨大代价。

一场战役，往往由许多独立的战斗组成，而那些看似不相干的战斗往往会在某个关键的节点上对战局产生决定性的作用，就好像阳明堡夜袭对于忻口战场的支持。“运筹帷幄之中，决胜千里之外。”指挥官对整个战役的谋划和预判能力，是左右战役胜负的关键因素。在忻口，依靠国共双方的浴血奋战，交战双方呈现出胜负难料的局面，但在另一个战场上，一场始料未及的失败打乱了整个战役的布局。

早在忻口战役打响之初，毛泽东曾致电周恩来、朱德等人，对于忻口战役提出了独特的见解。在电文中，毛泽东表示：“因娘子关不失则太原虽失仍可支持，如娘子关失守则华北战局立即变为局部战，失掉了全局意义。须知华北战局重点并不在太原，而在娘子关、龙泉关一带之太行山脉。如太行山脉及正太路在我手，敌进太原如处瓮中，我军是还能有所作为的。”这段当时并不被重视的电文突出了娘子关的重要性，而当时一心只想依靠忻口的相持而求得太原无恙的阎锡山并没有在意这个建议，兵力部署向忻口倾斜。与忻口的守军比较而言，娘子关守军虽然在数量上并不算少，但质量却令人不敢恭维，首先是组成人员成分复杂，其次是装备落后。娘子关守军来自国民党方面不同的派系，这样临时组成的杂牌军给临场指挥带来了很大的困难，而将令不行的后果，无疑便是失败。由于大部分部队都不是国民政府主力部队中央军，所以武器装备较之忻口方面要差了一级。不仅如此，当时的国民政府为了确保南京、上海等地的安全，陆续撤出北上支援的部队，之前依靠兵力优势苦苦支撑的防线眼看就要功亏一篑。

娘子关，位于太行山脉，是万里长城著名的一道关隘，因唐平阳公主曾率兵驻守于此而得名。千百年来，这座雄踞在崇山峻岭的关隘以其险要的地势拱卫三晋大地，素有“三晋门户”的称号。如今，“要塞三千”上最著名的一关迎来了武装到牙齿的虎狼之敌。针锋相对的交战双方，攻击部队为日军板垣征四郎率领的关东军第二十师团，守军以中国孙连仲与曾万钟率领的17师为主，战时总指挥是第二战区副司令长官黄绍竑。战斗持续了近两周时间，最终，虽有包括八路军129师在内的多支部队驰援，且取得了小规模的胜利，此次战役仍以娘子关沦陷告终。对于此次战役的失败，当事人和战略分析者都有充足的理由，比如指挥的混乱，比如配合的生疏，比如防御的被动性，比如有的部队消极应战，等等。但是此次失败的防御也并非毫无亮点，抗战坚决、作战勇敢的第17师即是一例。

10月初，第17师防守娘子关、旧关一线。在雪花山、乏驴岭一带构筑工事御敌。乏驴岭、雪花山都是石山，构筑工事非常困难，战士们只能用麻袋装土做成掩体。在拥有优势装备的日军面前，第17师坚守阵地13天，与日军激战9天，击退了日军轮番进攻，但在日军的强大炮火和飞机的轰炸下，伤亡惨重。奉命撤退时，全师旅以下指挥干部仅剩旅长一人、团长二人、营长以下干部不及三分之一。赴保定前线时，一万三千多人，娘子关战役后，仅剩三千多人。第17师抗战之坚决与某些畏敌、作战不利的部队形成了鲜明的对比，在这场以失败告终的战役中打出了中国军人的气势，得到了指挥官、第二战区副司令长官黄绍竑的高度赞誉，“17师此次攻守很尽力，损失奇重，殊堪嘉奖”，并赏银三千元以慰勉。浴火重生的第17师经过整编后，始终奋战在抗日第一线，屡立战功。

新四军北上抗日

娘子关的失守,使得太原完全暴露于日寇面前，不得已，阎锡山下令忻口守军退守太原。娘子关失守与忻口守军转移，标志着忻口战役的结束，也宣告了更大规模的太原保卫战的开始，这些都是后话。随着太原的失守，敌我双方在华北地区形成了战略相持阶段，中国共产党领导的八路军则开赴敌后，展开了卓有成效的游击战。

1938年，根据相关部署，769团迅速化整为零，在太行山北部地区展开游击战。其中，副团长汪乃贵带领12人的工作团到昔阳地区活动。在地方党组织的协助下，很快建立了中共昔阳第四区区委。之后又以769团3营的两个连为基础，组建起一支四五百人的游击队，开展破路、袭敌等斗争。1营营长孔庆德带领两个连在平定、井陉地区协助地方党组织，建立抗日政府，发展游击队。2营则在冀西赞皇、元氏、临城地区一带建立抗日政权。3营到和顺、昔阳以南地区活动，发展抗日武装。在随后的7年时间里,769团时聚时散，灵活多变，如麻雀般满天飞，在太行山地区鏖战。

值得一提的是，忻口战役之后，第二战区副司令长官，被誉为“常胜将军”的卫立煌同八路军开展了深入的接触，忻口战场上密切配合的兄弟情义在战略相持阶段得以延续。转眼到了1938年春节，卫立煌曾率部下亲自到位于山西省洪洞县的八路军总部，给八路军指战员拜年。当时，为欢迎卫立煌的到来，八路军准备了一系列以国共合作、团结抗日为主题的文艺

1937年8月9日发生的上海虹桥机场事件

节目。这些节目都是由西北战地服务团编排的，形式活泼，卫立煌赞不绝口。回总部后，卫立煌决定在第二战区也成立这样一个文艺团体，宣传抗日，还从延安的抗日大学招募了一批人。新成立的第二战区前敌总指挥部战地工作团十分活跃，起到了宣传队的作用，而这也算是卫立煌向八路军学习所走的第一步。他的第二步则走向了延安。1938年春，卫立煌为了巡查河南陇海线，曾取道延安，并在延安受到了毛泽东等中共领导人的热情接待。边区的新气象给卫立煌留下了很深刻的印象，同时更坚定了他要与八路军紧密合作、共同抗日的决心。在之后讨论防区时，卫立煌还特地与中共领导进行协商，就两军协同作战问题听从了中共的意见。同年的夏天，八路军总司令朱德路过位于山西垣曲莘庄的第二战区副司令长官兼前敌总指挥部时，卫立煌率总部人员亲到城外迎接。当晚上，朱德总司令留住在卫立煌的指挥部，两人又畅谈到深夜，屋里不时传出两人爽朗的笑声。次日，朱总司令走时，卫立煌又依依不舍地亲自把朱德送到黄河渡口。由于对八路军兄弟般的情谊，卫立煌在位期间，不但与八路军保持互动，还成功地消除了中条山区国共两军的摩擦。然而，从另一方面来说，和八路军走得太近也成为卫立煌在当时政治上的“污点”。1941年，因主张国共合作抗战，与八路军建立友好关系，卫立煌将军被国民政府撤本兼各职，调任军事委员会西安办公厅主任。国难当头，位列蒋介石手下“五虎上将”的卫立煌不可能在闲职上终老。1943

年，卫立煌出任中国远征军司令，并在此任上打出中国军人的威风和声誉，名扬世界。

五、插曲

远望春光镇日阴，太行高耸气森森。
忠肝不洒中原泪，壮志坚持北伐心。
百战新师惊贼胆，三年苦斗献吾身。
从来燕赵多豪杰，驱逐倭儿共一樽。

——朱德《太行春感》

作为忻口战役中八路军方面牺牲的最高级别指挥员，赵崇德用他短暂的一生诠释了视死如归、宁死不屈的民族精神，然而由于撤退时的匆忙，烈士的遗体并没有抢回，英魂何处，已无处寻觅。在战火纷飞的岁月里，赵崇德并不是个案，还有许许多多像赵崇德一样埋骨他乡的无名英雄，我们今天称呼他们为最可爱的人。在抗战胜利70年后的今天，我们回首那些抗日英雄的时候，会发现关于他们的确切资料真是少之又少，赵崇德也是如此。与威名赫赫的那场夜袭相比，赵崇德的名字显然并不为大多数人所熟知，而关于英雄的资料则更是少之又少。

幸运的是，今天我们还能找到一张赵崇德的遗像，而这也是夜袭阳明堡一役牺牲的30余位壮士中唯一留存的影像记录。从阳明堡战场撤下来之后，769团按照民间习俗，在七七四十九天后为牺牲的赵崇德等人举行了追悼会，缅怀英灵，激励士气。会上，大家对战役进行了总结，对赵崇德等人的牺牲表达了巨大的悲痛之情，有的战士说到动情处甚至痛哭流涕。会后，“背着相机上前线”的新兵卢耀武被政治处秘书张世公叫到一边，说要请他保存一张珍贵的照片，这张照片就是赵崇德的遗照。在此后的岁月里，卢耀武失去了很多的摄影资料，但这张照片一直保存了下来，今天的我们才有机会一睹英雄真容。

照片上的赵崇德身着八路军军服，挺拔干练，浓眉大眼，坚毅的目光中带着与生俱来的朴实，战火的洗礼让他的脸庞看起来有着与真实年龄不符的成熟和稳重。照片上，还有赵崇德的简介，在这个类似于墓志铭的介绍中，我们可以看到赵崇德还有一个名字叫宗德，遗像赞道：赵宗德，原籍河南省商城县，年廿五岁，农业出身，于一九三二入伍，为国捐躯，努力与革命事业，忠诚勇敢，屡奏奇功。执行命令，贯彻领导，部下素仰。七七事变后，奉令参加华北抗战。原平战斗，奇袭阳明堡敌飞机场，焚毁敌机二十四架，毙敌数百。零时与寇军肉搏数次，卫国殉身，效命疆场。这种壮烈牺牲，精神伟大，重于泰山。烈士精神不死，奠定全民抗战胜利信心，感动全球，人士赞扬，兴奋全国军民，可泣可歌。七七纪念周追悼宗德烈士，踏着血迹前进，为解放中华民族而奋斗到底。

这些文字饱含深情，从中我们也能清晰地看到一位“打仗如虎,爱兵如母”的优秀指挥员的形象。作为一名出色的指挥官，赵崇德不仅具有过人的胆识和谋略，还对革命同志饱含阶级友谊，并最终因掩护战友而牺牲。作为一名共产党员，赵崇德始终坚守入党誓言，处处发挥模范带头作用，用实际行动维护党员的形象。虽然牺牲的时候只有24周岁，当时的赵崇德已经确是一个老党员了。1933年，在随红四方面军转战川陕之际，骁勇善战、屡立战功的赵崇德光荣地加入了中国共产党。

虽然战地的入党仪式是那么的简单，赵崇德从来不曾忘记那庄严的誓言：“对党忠诚，积极工作，为共产主义奋斗终身，随时准备为党和人民牺牲一切。”在夜袭阳明堡之前，赵崇德找到支部书记，提出要交党费。“党费？你这月的党费不是已经交过了吗”支部书记记得很清楚，看着赵崇德，露出莫名其妙的表情。赵崇德当然记得自己什么时候交的党费，他每次都是第一批交的。他沉默了片刻，对支部书记说：“这党费不是这个月的。”说着，从口袋里掏出三块大洋，对支部书记说：“我们营这次争取到了主攻的任务，不过说实话，这次打飞机场我还真没底，以前没打过啊！我给营里下了死命令了，只许成功，不许失败。所以啊！万一我这次有个什么三长两短，阵亡了，这钱就当是我最后的党费吧，我这也就这么多了。”赵崇德笑着把钱递给支部书记。支部书记本想说点什么，但他看到赵崇德坚持到底的神情，还是把钱收在手中，拍拍赵崇德的肩膀：“赵老虎，你也是参加了长征的老同志了，我相信你，再难啃的骨头到你这儿都能把它嚼烂，这次也不会例外的。”赵崇德笑了笑，回了营部。这三块钱，就成了英雄留给党的最后财富，当然，还有他那宝贵而不朽的精神。此后多年，时任129师师长刘伯承还经常谈起赵崇德，对这位很有指挥才能的英雄的牺牲，感到十分惋惜。

奇袭阳明堡之后，陈锡联和他的769团一下子进入了人们的视野，关于战斗的各种传说也大有把此役神话的势头。然而，极为紧张的战事容不得战士们躺在小小的功劳簿上，陈锡联和他的769团在结束战斗后，深入敌后，鏖战太行，开展了长期的敌后抗日活动，取得了丰硕的战果，这些都是后话。

然而，在战斗之后发生的一件小事却不得不提。阳明堡之后，跟随褒奖而来的还有一封家书，这封从八路军总部转来的家书是寄给团长陈锡联的。信是陈锡联的母亲从湖北黄安（今红安）老家寄来的，离家八年后，陈锡联第一次有了母亲的消息。所谓少小离家。1929年，年仅14岁的陈锡联瞒着母亲，偷偷地参加了游击队，从此走上革命之路。

8年的时间，当年的放牛娃已经成长为一名优秀的指挥官；8年的沧桑，昔日的陈锡廉已经改名“陈锡联”。然而，一个人不管变成什么样子，也不论他的名字改动多少，无论他走多远，母亲的牵挂一直都停留在那个最温暖的心房。何况是在战火纷飞的年代，这封家书居然奇迹般地寄到了陈锡联的手中。捧着这封信，战场上指挥若定的陈锡联双手微微颤动，激动之情流露无遗，家书抵万金啊……

很显然，这封家书是母亲请人代笔的，情真意切而又文采斐然。在信中，母亲说起了陈锡联离家之后，家里人都很挂念他，尤其是母亲，对他非常想念。信中还说到，近日有人从报纸上看到八路军在山西阳明堡打了大胜仗，团长的名字叫陈锡联，于是想问问这个陈锡联是不是她的儿子“陈锡廉”。为什么会这样问呢？信里说她听老乡讲，她儿子在部队里当官了，现在正带着部队和日本鬼子打仗呢。

这封由人代笔的信措辞文绉绉的，最后说到母亲的近况的时候，大意上是说母亲现在过得还是很贫穷，其中有这么几句陈锡联记忆深刻，在若干年后回想起来，依然能清晰地背出来“……风扫地，月作灯，借屋躲雨，身亦难藏……”很显然，这几句对陈锡联的触动最为强烈。没想到8年过去了，母亲的生活还是那么艰难，而在当时的中国，这样的母亲何止千万。而为了饥寒交迫的母亲，为了流落异乡的孩子，抗击侵略、争取自由、民主的斗争才充满了力量。母亲的这封信陈锡联一直珍藏在身边，每当夜深人静的时候，就掏出来读一遍，直到有一次去延安因为要过很多封锁线，怕出意外，所以把信连同其

冯玉祥

他一些东西放进一个盒子里，埋在屋后的一个山洞里。遗憾的是，等到陈锡联从延安回来，盒子里的东西都被水给沤烂了，陈锡联很失落。

在给母亲的回信中，陈锡联并没有解释太多，除了问候母亲的平安外，只说自己现在是在外面经商，生活过得还好，让母亲不要牵挂，等到局势稳定了，再回家看望她老人家，等等。对于母亲殷切的期望和关切的询问，陈锡联只能是回避和说谎，没办法，当时局势动荡，社会环境复杂，为了母亲的安全着想，陈锡联的身份怎么也不能暴露。这也许就是战争带给人类最残酷的一面，有家不能回，有话不能说，有孝心而不能尽，人性最美好的一面在战争年代也只好隐忍。战场上的铮铮汉子唯有把亲情放在一边，为大家舍小家，为国家舍自家，为民族解放而牺牲自我。

抗战进入相持阶段，郝梦龄遗书上所说的“遗族学校”随着南京的沦陷而停办，而郝家的生活也日益困顿。1939年的重庆，国民政府迁都已经快两年了。随着各机关单位的迁入，山城变得人口稠密，小商小贩云集。这年的夏天，天气依旧炎热，时任国民政府军事委员会副委员长的冯玉祥住所外，一阵略显稚嫩的叫卖声引起了刚好路过的冯玉祥的注意，他抬眼望去，只见两个衣衫破旧的小男孩正提着壶在街上叫卖茶水。每年的夏天，附近都会有这样的小孩在附近叫卖，卖花、卖烟、卖报、买水，什么样的都有。这一次买水的小孩虽然年纪不

日军对中国进行轰炸

大，但叫卖的声音却不小，冯玉祥仔细打量了一下这两个小孩，觉得有点面善，于是就走了过去，亲切地问：“小朋友，你们为啥在这里卖茶水啊？”小男孩说：“我们在攒学费。”冯玉祥接着问：“你们不是重庆本地人吧，老家是哪里啊，姓什么？”小男孩接着回答：“我们不是重庆人，以前住在武昌，是逃难过来的，我听妈妈说我们老家是在河北的藁城县，姓郝。”河北藁城，在冯玉祥的记忆里，最先想到的姓郝的无疑就是郝梦龄，这两年来，冯玉祥时常会想起已经牺牲了的老部下。冯玉祥仔细打量了这两个孩子，在他们稚嫩的小脸上依稀还能看出郝梦龄的影子。怪不得觉得这两个孩子看起来似曾相识呢，莫非他们和郝梦龄有联系，想到这，冯玉祥接着问道：“藁城那儿有一个叫郝梦龄的，你们听说过吗？”孩子们吃惊地看了看高大的冯玉祥，点点头：“认得，他就是我爸爸。”听到这句话，冯玉祥顿时吃了一惊。

他乡遇故知，本就是一件很令人意外的事情，何况遇到了故知的遗孤，更何况遗孤的生活如此窘迫，这种意外之情瞬间又被伤感之情所占据。冯玉祥马上把孩子请进住处，仔细询问了郝梦龄牺牲以后郝家的情况。从孩子们不是很准确的表述中，冯玉祥对郝家这两年来的生活脉络有了大致的了解。

原来，武昌沦陷后，郝梦龄的夫人剧纫秋带着全家，来到了陪都重庆。一个妇道人家，人生地不熟的，经济来源有限，郝家的生活很快就陷入了困顿。孩子们都到了上学的年龄，而郝梦龄遗书上所说“遗族学校”因为停办，并没有上成，所以孩子们都进了重庆一家私立中学，学费还很贵。开支的增大使得原本就捉襟见肘的经济状况渐趋恶化，走投无路的一家人只好为生计而奔波。一到了暑假，年纪最大的姐姐郝慧英就带着弟弟妹妹去赚学费，卖茶水、卖西瓜，等等。

听罢孩子们的诉说，冯玉祥心里隐隐作痛，军人为国捐躯、视死如归，而遗孤却得不到政府的照顾，流落街头，怎不让人心酸。冯玉祥马上叫来秘书，给蒋介石写了个报告，把郝梦龄家的情况说了一遍，恳请蒋介石予以照顾。很快，郝家便收到了蒋介石特批的两万元钱。而且，冯玉祥还找国民政府批了个条子，专门解决郝家孩子的上学问题。在冯玉祥的奔波和努力下，郝梦龄的遗愿算是完成了一半。直到1945年，日本侵略者签署无条件投降书的那一刻，郝梦龄的遗愿才算得以圆满。

后记

战争，既泯灭人性，又最能体现人性。中国有句古话："观人于揖让，不如观人于游戏。"在游戏中最能体现人性的真实一面，在战场上体现得更加明显。所有的战争，冷兵器时代的毋庸赘言，即便是高度依赖武器装备的现代战争，人的作用始终是第一位的，战争是人的战争，是人与人针锋相对的危险游戏。每一名军人，身后都是一个家庭，战场上的每一次拼杀，都牵动着无数家庭的神经。在承平日久的今天，人们阅读战争已经变得无比平静，对战争的分析也更加客观深入，然而总不能缺少人文关怀。战争不是一个简单的事件，哪怕是再精彩的战役，再复杂的进程，寥寥几句，就可说清楚。战争不光是人与人之间最原始的杀戮与搏斗，更处处体现了人性的光芒，这些都是冰冷的战场上最温暖人心的东西。当我们再一次回顾阳明堡那场战争，想要去发现那短暂到只有不到一小时的突袭中所展现的人格魅力的时候，我们不得不把关注的范围扩展开来，从阳明堡到忻口，从769团到八路军，从郝梦龄、赵崇德到他们的家庭，从陈锡联到那一封家书。战场上的他们，固然是英勇的，固然具有大无畏的牺牲精神，但是最能体现人格魅力的，往往是在战争背后的故事。于是，我们看到了郝梦龄那份遗嘱，我们看到了陈锡联的一封家书，看到了赵崇德的那三块钱党费，这些平凡的话语、平凡的举动，折射出的往往是最耀眼的人性光芒。

中国人民全面抗日战争大事记

1937年

7月7日　晚11时，在北平卢沟桥进行军事演习的日军，借口一名士兵失踪，要求进入宛平县城搜查。中国驻军断然拒绝，日军炮轰宛平城，开始进攻中国守军。中国驻军第二十九军三十七师奋勇反击。中国人民开始了长达八年的抗日战争。

7月8日　中共中央发表《中国共产党为日军进攻卢沟桥通电》。

7月15日　中共中央向国民党发出《中共中央为公布国共合作宣言》。

7月28日　日军进攻北平南苑，中国军队顽强反击。第二十九军副军长佟麟阁、一三二师长赵登禹在战斗中壮烈牺牲。

7月29日　北平陷落。

7月30日　天津陷落。

8月13日　日军进攻上海闸北，淞沪抗战爆发。

8月14日　国民党政府发表《自卫抗战声明书》。

8月25日　中共中央军委发布命令，中央红军改编为八路军。

9月13日　日军攻占山西大同。

9月15日　朱德、任弼时、左权率八路军总指挥部东渡黄河，开赴抗日前线。

9月25日　一一五师取得平型关大捷。

10月2日　南方八省十三个地区的红军游击队改编为国民革命军新编第四军，开赴抗日前线。

10月10日　日军占领石家庄。

10月13日　太原会战“忻口战役”爆发。

10月19日　八路军一二九师夜袭阳明堡日军飞机场，炸毁敌机20余架，歼敌100余人。

11月8日　太原陷落。

11月12日　上海陷落。

11月20日　国民党政府宣布迁都重庆。

12月13日　日军占领南京，进行了惨绝人寰的大屠杀。

12月13日　国民党政府主要机构转移到武昌。

12月14日　日本在北平扶持建立伪中华民国临时政府。

12月24日　杭州失陷。

12月25日　日军占领济南。

1938年

1月6日　新四军军部在南昌正式成立

1月10日　日军占领青岛。

2月3日　日军占领山东烟台。

2月27日　山西临汾失陷。

3月23日　日本侵略军濑谷支队进攻台儿庄，台儿庄战役开始。

4月7日　中国军队重创日军，取得台儿庄战役胜利。

4月16日　八路军一二九师在山西武乡长乐村歼灭日军两千余人。

4月18日　徐州会战开始，中日双方总兵力达百万。

5月19日　徐州沦陷。

5月26日到6月3日　毛泽东在延安抗日战争研究会上发表《论持久战》演讲。

6月6日　河南开封失陷。

6月9日　国民党为迟滞日军，炸开郑州的黄河花园口大堤，豫南皖北5万多平方公里变为泽国。

7月22日　武昌会战开始。

7月26日　九江沦陷。

9月20日　日军五万多人，从平汉、平绥、同蒲、正太各线对晋察冀根据地发动进攻。晋察冀军民历经一个多月的苦战，粉碎了日军进攻。

10月12日　日军在广东大亚湾登陆。

10月21日　广州沦陷。

10月27日　武昌沦陷。

11月13日　长沙为执行焦土政策，错误纵火，引起全城大火，损失惨重。

1939年

1月21日至31日　国民党五届五中全会在重庆召开，国民党政策重点由对外转向对内。

3月27日　南昌失陷。

7月3日　日军五万余人进攻晋冀豫根据地，八路军经过一个多月的激战，迫使日军撤走。

9月23日　日军主力大举进攻长沙。

10月3日　进攻长沙的日军分为三路溃退。

11月15日　日军在广西钦州湾登陆，桂南会战开始。

11月24日　南宁陷落。

12月4日　日军占领昆仑关。

12月18日　中国军队开始进攻昆仑关。

12月31日　中国军队夺回昆仑关，取得“昆仑关大捷”。

1940年

2月2日　昆仑关再次沦陷。

2月23日　杨靖宇在吉林省蒙江县遭遇日伪军围困，壮烈牺牲。

2月24日　中国军队再度夺回昆仑关。

3月20日　中国军队奇袭五原，取得“五原大捷”。

3月30日　汪精卫在日本的支持下成立伪政权。

5月15日　国民党第三十三集团军总司令张自忠在湖北枣阳与日军的战斗中壮烈牺牲。

8月20日　百团大战开始。

12月5日　百团大战基本结束，取得重大战果。

1941年

1月6日　“皖南事变”爆发。

1月20日　中共中央革命军事委员会发布命令，重建新四军军部。

1月24日　豫南战役爆发。

1月25日　新四军军部在苏北盐城重建。

5月6日　美国总统罗斯福正式宣布中国为美国《租借法案》受援国。

5月7日　日军发动中条山战役。

9月6日　日军第二次进犯长沙，一度占领长沙，后撤出。

12月8日　日军偷袭珍珠港，太平洋战争爆发。

12月19日　日军发动三次长沙之战。

12月26日　香港沦陷。

1942年

1月1日　以中、美、英、苏四国为首的同盟国发表《华盛顿宣言》。

1月16日　第三次长沙战役结束。

5月10日　日军占领腾冲。

5月15日　浙赣战役开始。

8月　日军对冀东抗日根据地进行“扫荡”，制造了大片无人区。

1943年

2月18日　宋美龄在美国国会发表演说，宣传中国抗战。

4月　华中日伪军开始“清乡”。华中新四军奋战9个月，取得反“清乡”斗争的胜利。

5月5日　日伪军15000余人对太行根据地发起“扫荡”。

7月2日　中共中央发表《抗战六周年纪念宣言》。

9月2日　日军集中10000余人，对晋西北抗日根据地进行“扫荡”。八路军坚持奋战两个月，歼敌1300余人。

10月　中国驻印远征军联合英、印军队，反攻缅北日军。

11月2日　日军开始进攻常德。

11月26日　中、美、英三国首脑发表《开罗宣言》。

12月3日　常德被日军攻占。

1944年

4月17日　日军发动豫湘桂战役。

4月22日　郑州沦陷。

5月1日　许昌沦陷。

5月25日　洛阳陷落。

6月18日　长沙陷落。

8月8日　衡阳陷落。

11月10日　桂林、柳州陷落。

1945年

4月25日　联合国会议在旧金山开幕。

5月10日　日军发动湘西战役。

7月26日　中、美、英三国发表《波茨坦公告》。

8月6日　美军在日本广岛投下原子弹。

8月8日　苏联对日宣战。

8月9日　美国在日本长崎投下原子弹。

8月10日　朱德总司令发布总反攻命令。

8月14日　日本政府接受《波茨坦公告》。

8月15日　日本天皇裕仁正式宣布日本无条件投降。

9月9日　日本驻中国军队总司令冈村宁次在投降书上签字。抗日战争胜利结束。

图书在版编目（CIP）数据

夜袭阳明堡 / 张华著． -- 北京 ： 北京时代华文书局， 2015.9（2022.3 重印）
（中国人格读库 / 高占祥主编）
ISBN 978-7-5699-0539-7

Ⅰ．①夜… Ⅱ．①张… Ⅲ．①革命故事－作品集－中国－当代 Ⅳ．①I247.8

中国版本图书馆 CIP 数据核字（2015）第 228047 号

夜袭阳明堡

Yexi Yangmingbu

主　　编｜高占祥
著　　者｜张　华

出 版 人｜陈　涛
责任编辑｜邢　楠
装帧设计｜程　慧　段文辉
责任印制｜訾　敬

出版发行｜北京时代华文书局 http://www.bjsdsj.com.cn
北京市东城区安定门外大街 138 号皇城国际大厦 A 座 8 楼
邮编：100011　电话：010－64267955　64267677

印　　刷｜三河市嵩川印刷有限公司　0316－3650395
（如发现印装质量问题，请与印刷厂联系调换）

开　　本｜787mm×1092mm　1/16　　印　　张｜9　　字　　数｜85 千字
版　　次｜2016 年 1 月第 1 版　　印　　次｜2022 年 3 月第 3 次印刷
书　　号｜ISBN 978-7-5699-0539-7
定　　价｜36.00 元